集英社オレンジ文庫

リーリエ国騎士団とシンデレラの弓音

—綺羅星の覚悟—

瑚池ことり

Contents

ロルフ

ニナの兄で、リーリエ国の
〈隻眼の狼《アイン・ヴォルフ》〉と呼ばれる騎士。
とある事故で左目を失っている。

リヒト

甘い顔立ちの若き騎士。
ニナの才能を見出し、
騎士団へ勧誘する。

ニナ

優秀な騎士を輩出する
村に生まれながら
剣を振るえない。
戦闘には役立たない短弓であれば、
誰より器用に扱える。

オド

リーリエ国家騎士団の
団員。柔和な顔をした
巨漢。ニナにもやさしい。

Characters

イザーク

キントハイト国騎士の団長。
〈黒い狩人《シュバルツ・イエーガー》〉と呼ばれる、
現在の破石王。

ベアトリス

〈金の百合《ゴルト・リーリエ》〉と呼ばれる
リーリエ国の王女。
勇敢な女騎士。

ユミル

キントハイト国騎士団の副団長。
冷徹な切れ者。

ゼンメル

リーリエ国家騎士団の
老団長。知的で思慮深く、
ニナの存在にも理解を示す。

トフェル

リーリエ国家騎士団の団員。
丸皿のような目が特徴的。
ニナをしょっちゅうからかう。

イラスト／六七質

リーリエ国騎士団と
Lily Nationale Ritter Erzählung
シンデレラの弓音
―綺羅星の覚悟―

1

「ほらよ、落とすんじゃないよ！」

どん、と差しだされた丸皿は、戦闘競技会《せんとうきょうぎかい》の開始を告げる銅鑼《どら》のように大きい。

団舎《だんしゃ》の調理場。カウンターの前に立つニナは、ふーっと鼻で息を吐いた。

料理婦ハンナが置いた丸皿には、小山のように積みかさねられた家鴨《あひる》の香草焼き。規格外に大柄な団員たちの腹を満たすため、食器や量も同じく規格外だ。

対するニナは一般的な基準で考えても、かなりの小柄だ。外見年齢が十歳程度の背丈に、手足は華奢《きゃしゃ》で、競技会用の大剣は持ちあげるのがやっとの力しかない。

──でもだからです。だからこそ、これはいい機会なんです。

自分を騎士団に勧誘してくれたリヒトは心配そうな顔をする。けれどリーリエ国の王女であり、同じ女騎士であるベアトリスはたとえ小さくても、硬化銀《ウルリル》みたいな筋力をつければ大丈夫だと言ってくれた。リーリエ国騎士団に正式入団して一カ月。日に三度の食事時ともなれば、ハンナは当然の顔で前掛けとカーチフを放ってよこす。

調理場に正式採用されたのかと首をひねりたくなる状況だが、見方を変えればこれは、腕力を鍛える格好の機会なのだ。ツヴェルフ村で雑用係扱いされていたこともあり、給仕も片づけも洗い物も慣れている。それに仮入団していたときとちがい、いまはひそかな楽しみもある。

居館一階の食堂。大皿を抱えたニナは調理場からもっとも近い、年長の団員たちが食事をする長机にはこんだ。

そのまま奥の長机に視線を向ける。そわそわと、ほのかな期待をこめて。黙々と昼食を食べる兄ロルフの取り皿が空《から》になったことに気づくと、おもむろに歩みよった。

前掛けをにぎったり離したりしながら声をかける。

「あの、兄さま、ローストポークのおかわりはいかがですか？」

「もらおう」

「えっと、サーモンのクリーム煮はどうされますか？」

「頼む」

「マッシュルームのサラダと、揚げ栗のゼリー寄せはいかがでしょうか？　葡萄《ぶどう》の果実水《かじつすい》も、お持ちしますか？」

「そうしてくれ」

ニナは表情をほころばせる。

はい、と声をはずませた。青海色《あおうみいろ》の目は輝き、ふっくりした頰《ほお》は紅潮している。愛らしい唇はゆるやかに結ばれ、カーチフからのぞく肩の長さの黒髪まで、生き生きとはねて見える。

はたから見れば給仕を頼まれただけだ。ロルフは料理から目を離さず、とくに笑顔を向けられたわけでもない。けれどニナにはそれでじゅうぶんだった。

足りない言葉と不幸ないきちがいで、ニナとロルフのあいだにはつい最近まで壁があった。その壁のせいで、十七歳といういままで、まともに会話したことなどほとんどなかった。

だから普通に声をかけ、普通に言葉を返してもらえることがありがたい。夢ではないかと不安になって、夢ではないとわかって嬉しくなる。話しかける口実が多い食事の時間は、ニナの楽しみになっているのだ。

ニナはさっそく調理場に向かった。鎖帷子《くさりかたびら》の上につけた前掛けのリボンをひるがえし、いそいそと料理をはこぶ。

それが終わるとリヒトが〈中年組〉と称する団員たちの机を、可能なかぎりととのえる。

使用済みの木杯や食べ散らかした取り皿をかさね、壁際に団旗《だんき》が掲《かか》げられた長机に一時的に置いておく。白百合《しらゆり》にオリーブの葉が描かれた団旗が、静かに威をそえる中央の長机は、団長ゼンメルと副団長クリストフの指定席だ。けれどゼンメルはここ数日、知人に頼まれたという武器の鑑定作業に専念している。クリストフは先週より事務処理がてら、王女ベアトリスと〈銀花の城《ラルジャン・フルル》〉に滞在中だった。

食器をまとめ終わったニナは、ロルフの対面に座るトフェルが、じっと自分を見ていることに気づいた。

丸皿に似た目と、いまにもくすぐってきそうな快活な顔立ち。

ニナは反射的に後ずさる。

「トフェルさん、お、おかわりですか？」

初対面でおどかされ、腰を抜かした姿がよほど面白かったのだろう。ニナを玩具《おもちゃ》認定するトフェルは、両手をあわせても涙目で訴えてもニナへの悪戯《いたずら》をやめてくれない。つい最近も干《ひ》からびた蛇を寝台に入れられ、西塔の硝子窓《ガラスまど》がふるえるほどの悲鳴をあげる騒ぎになった。しかし激怒したロルフとリヒトが腰の大剣に手をかけたときには、トフェルはとっくに逃げていた。

リーリエ国の王都ペルレ近郊に広がる〈迷いの森〉の奥深く。団舎こと正式名称ヴィント・シュティレ城は、古代帝国頃の大貴族が所有していたらしく、悪霊《イビル》が一族で棲《す》んでいそうなほどの年代物だ。その悪霊を恐れたのか、あるいは国家騎士団の機密性を守るためか、隠し通路や謎の扉が満載の内部は迷路に近い。

リヒトよりも在団年数が長いトフェルは、そのほとんどを熟知している。無駄な知識を駆使した神出鬼没の行動は、まさに悪戯妖精《ニュンフェ》そのものだ。というよりニナは正直、本物の悪戯妖精の方が被害が少ないのでは、と思うときさえある。

痛い目にあった経験則から、自然と身がまえたニナに対し、トフェルは神妙な顔で立ちあがる。己の腹ほどの位置にあるニナの肩に、ぽんと両手をのせた。

「悪かったな小さいの。おれがまちがってた。いやマジで、すげえ反省してる」

「トフェルさん……?」

ニナは戸惑って眉《まゆ》をよせる。

もしかしていままでの悪戯への謝罪なのだろうか。だとしたらすごく嬉しい。しつこい悪戯さえなければ、トフェルはいるだけで場がなごむ陽気な騎士なのだ。

トフェルは真剣な顔でつづける。

「いままでのは無しの方向で。〈隠し子説〉も〈不貞《ふてい》説〉も〈取り替えっこ説〉も、ぜんぶとりけす。これはあれだ。〈新婚ほやほやの若夫婦説〉っていうか、〈厳格な年上亭主と幼妻説《おさなづま》〉って感じか。おまえら兄妹は、そういうことなんだよな、うん」

「若夫婦？　幼妻って、あの？」

「だけどほどほどにしておけよ？　おまえがすすめたら、ロルフの奴はいくらでも食うからな。西方地域杯《せいほうちいきはい》まで半月だってのに、甲冑《かっちゅう》が入らなくなったらやばいだろ。〈隻眼《せきがん》の太った狼〉とか、観客も笑えねえ。いやおれは笑うけどな？」

ニナは、はあ、と頼りない声を出す。

たしかにニナが覚えているかぎり、兄ロルフにおかわりをすすめて断られたことは、一度もない。団員いちの健啖家《けんたんか》であるベアトリスが不在なのに、なぜ大鍋《おおなべ》があっさり空になるのだろうと、ハンナが腕を組んでいる姿も見かけている。

オドが不意にトフェルの鎖帷子を引っ張った。

トフェルの隣で二人ぶんの座席を使っているオドは、斜め前のリヒトをちらりと見やる。そして柔和《にゅうわ》な顔をくもらせ、小刻みに首をふった。無口な大男の仕草は、なによりも雄弁に心を語る。ニナが視線を向けると、気づいたリヒトがにこっと笑いかける。

「今日も手伝いをありがとうね。腕とか痛くなってない？」

長毛種の猫を思わせる金髪に、優しく弧を描く新緑色《しんりょくいろ》の目。

ロルフから一人ぶんあいだを空けた席で、フォークとナイフを動かすリヒトはとくに普通だ。明るくて気さくで親切な、恋人であり〈盾〉でもある青年騎士。

大丈夫です、と答えてその手元を見おろしたニナは、けれどおどろきに息をのむ。リヒトの取り皿ではローストポークが、ばらばらの細切《こまぎ》れにされていた。

「あの、リヒトさん、豚肉になにか……?」

おそるおそるたずねると、リヒトはゆっくり取り皿を見る。

あーと言葉を探すふうな顔をした。気をとりなおすように、潑剌《はつらつ》とした声をあげる。

「いや、ニナが食べやすい状態にしておこうかなって! ほら、ニナは脂身《あぶらみ》とか苦手でしょ? まえに気持ち悪くなったことあるし、別にしておいた方が、手間がないしね!」

「すみません。お気づかいいただいて」

ニナは恐縮して礼を言う。頭をさげたニナは、トフェルとオドが微妙な表情で顔を見あわせたことに気づかない。

リヒトは指先大に切り分けたローストポークを、ニナの皿にのせた。

ロルフを左に、リヒトを右にした真ん中の席。椅子《いす》の座面を軽くたたき、座るようにうながす。

「前掛けもカーチフも最高に似合ってるし、ニナがはこんだら巨大料理だって可愛《かわい》く見えるけど、でもほどほどで食べないと。午後からは〈迷いの森〉で、的打《まとう》ちがてら、林檎《りんご》を採る約束でしょ？」

「はい」

ニナは素直にうなずいた。

西方地域杯を半月後に控え、リーリエ国騎士団の訓練は三重苦の〈きつい〉を体現した内容から、調整へとうつっている。

勝ち抜けば三戦する競技会にそなえて疲労をためないこと、大事をまえに怪我《けが》をしないことが理由だ。午前中は陣形を確認する模擬競技《もぎきょうぎ》がおこなわれるが、午後は各自の裁量に任せられている。

ニナはカーチフと前掛けをはずし、椅子の背にかけた。そのまま座ろうとした小さな身体《からだ》に手がのびる。

「兄さま？」

ロルフはニナの顎《あご》をつかむと、ぐいと上向かせた。

座っていることでいつもより近い高さにあるニナの顔を、じっと観察する。同じ青海色ながら鉱物のような光を放つ目を細めた。

「表情に疲れがある。午後の外出は中止し、休息にあてた方がいいだろう」

「休息……あの、でも」

「西方地域杯の会場であるマルモア国は北の隣国だ。九カ国の持ち回りで決まる会場のなかでは近場だが、それでも馬で五日程度はかかる。移動の負担を考慮《こうりよ》すれば、万全な体調でのぞむべきだ。副団長は今日の夜には帰還する。念のために診《み》てもらった方がいい」

ニナはまえに胃腸を悪くしたことを考える。

兄に介抱してもらったあのときも、早めに相談してほしいと副団長にさとされた。リヒトとの散策は楽しみだけれど、軽率《けいそつ》な油断で周囲に迷惑をかけるのは避けたい。

わかりました、と答えると、ロルフの手が顎から頭に移動する。承諾《しょうだく》に満足したのか、優しくなでてくれる。

「——ばかおまえ、ちがうって」

調理場に近い長机から声があがった。

視線を向けると中年組のヴェルナーが、隣に座る団員を小突いている。

追い剝《は》ぎさながらの強面《こわもて》の男は、つい先日、負傷療養を終えて復帰したばかりの団員だ。でもよ、と唇をとがらせる男に、ヴェルナーは面倒そうに顎鬚《あごひげ》をかく。

「気持ちはわかるが、あれは恋人じゃなくて妹だ。何度も説明しただろ。あっちの金髪に聞かれると、また負傷療養に逆戻りだぞ」

それでも納得ができない様子の男に、周りの中年組がしたり顔をする。

まあでも仕方ねーな、おまえの疑問も当然だって、どう見たってさ、なあ、本家の恋人は立場ねえし——酒杯をかたむけ好き勝手に。

ニナはきょとんと首をかしげた。なにか言われている気もするが、よく聞こえない。

あらためて椅子に座った。細切れのローストポークがよそわれた取り皿に手をかけたところで、青海色の目を丸くする。

——え？

右隣に座るリヒトが抱えた深皿。騎士らしく骨張ったリヒトの手は巨大なスプーンをにぎり、カボチャのプディングをぐちゃぐちゃにかき混ぜていた。

「あの、リヒトさん、プディングになにか……？」

十月のリーリエ国は秋の味覚が旬《しゅん》を迎えている。

日々の食事で団員の健康管理に貢献するハンナは、大雑把《おおざっぱ》な言動のわりに素材の質にはこだわりが強い。献立《こんだて》には栄養価の高い季節の農作物が取りいれられ、デザートは娯楽《ごらく》の少ない団舎での潤いのひとつだ。洋ナシのパンケーキに林檎のワイン煮。シロップに漬けた杏《あんず》に玉ねぎのタルト。とろりと濃厚なカボチャのプディングはとくに好評で、リヒトが我先にと確保する好物のはずだ。

うつむいていたリヒトはぼんやりと顔をあげた。

怯《おび》えをふくんだニナの視線と、すでに液状になったプディングを交互に見やる。えーっとね、と言葉を探しながら頰《ほお》をかいた。

「なんていうか、今日のはちょっと、焼き加減がきつくて固いかもなって？　小さいころに世話になった酒場ではさ、岩石みたいなパンとか炭の塊《かたまり》みたいな肉とか、よく崩して食べたなって思いだして？」

「はあ……そう、なんですか」

ニナは曖昧《あいまい》にうなずいた。

そんなふたりのやり取りを、トフェルとオドがこそこそと眺めている。

中年組は我関せずと酒杯を打ちあわせた。

ロルフは黙々と空の皿をかさねている。

リヒトはにこりと笑顔をつくった。ほろ苦い黄色と甘ったるい白いクリーム。まるで自分の心のように渦《うず》をまく深皿のプディングから目をそむけ、明るい声を出す。

「それよりほんと、食べようよ？　散策のかわりに午後はふたりで、西方地域杯に持っていく荷物でも準備しようか。ニナは初めてでしょ。十日ほどの滞在だと、着替えだけでも結構な数になると思うんだよね。おれ、なんでも手伝うから――」

◇◇◇

「――ようするにロルフとニナが親密すぎて夫婦みたい。なのに恋人である自分とニナの関係はあまり変わらない。いままで通り普通に仲の良い団員同士。それが不満っていうことね？」

「不満ってほどじゃないよ。ただなんていうかさ、もう少し恋人らしい生活をしたいなとか、ロルフよりおれをかまって欲しいなとか。そんなことを考えてたら、いつのまにかロールストポークが細切れになって、好物のプディングがぐちゃぐちゃになってて？」

「よくわからないけど、料理に八つ当たりはやめた方がいいわね！　でないとリヒト、あなたそのうち、ハンナに細切れのぐちゃぐちゃにされるわよ？」

ベアトリスは半ば本気でそう言った。

夜に満たされた団舎の前庭。

紅葉した植え込みに囲まれた十字石《じゅうじせき》には、ベアトリスが手向《たむ》けた小菊の花束が横たえられている。

四角い台座には白百合《しらゆり》とオリーブの葉の団章。十字に交差する部分の後背に、国家連合章である〈四女神《デア・ファトス》〉を戴《いただ》く十字石は、戦闘競技会での事故や怪我で亡くなった騎士の名前が刻まれている。

戦闘競技会とは武装した騎士が隊を組み、互いの兜《かぶと》につけられた命石《めいせき》を砕いて勝敗を競う、戦争が禁じられた火の島における紛争解決手段だ。その結果が国家間の問題に決着をつける裁定競技会《さいていきょうぎかい》を柱《はしら》とし、娯楽的な意味合いの強い地方競技会などもあり、十五名対十五名での戦いを基本とする。相手を死なせないことを前提に、命代《いのち》わりの命石を多く奪った側が勝ちとなるが、武器を用《もち》いての接近戦である以上、不幸な犠牲者も少なくない。したがって団員たちはベアトリスにかぎらず、団舎から長期で離れるときなど、出立《しゅったつ》や帰参の挨拶《あいさつ》に訪れるのが通例になっている。

ガルム国との裁定競技会勝利を機に、王城でのベアトリスの立場はがらりとかわった。領土問題を口実にガルム国が裁定競技会を申し立てたのは、〈赤い猛禽《ブルート・フオゲル》〉ことガウェイン王子の求婚をベアトリスに承諾させるためだ。一時は彼女をリーリエ国を荒らす害虫扱いしていた貴族諸侯は、感心するほどの手のひらの返しぶり。

勇敢《ゆうかん》にして高潔。横暴に屈せず毅然《きぜん》と頭をあげるベアトリス王女は、王国の気高き誉《ほま》れだ――星が降るごとき美辞麗句《びじれいく》に、夜会の誘いと祝いの品々。都合の悪いことは忘れる彼らの頭には、ガウェインとの婚儀を望んだ嘆願書《たんがんしょ》の存在などすでにないのだろう。

呆《あき》れつつも王女としての責務を果たすベアトリスは多忙を極めた。軍衣《ぐんい》とドレスを着たり脱いだり、週末ごとに団舎と王城を往復して三カ月。ようやく一段落ついて、西方地域杯の準備をすませて本日帰還した。

団舎に戻るなり荷ほどきもそこそこに食堂へ。久しぶりにハンナの料理を存分に堪能《たんのう》し、ダイス遊びに興じる中年組の臭《にお》いに鼻をつまんで浴室に追いやる。そして到着のしらせを受けたリヒトと連れ立って、手提灯《てさげとう》を持ち前庭へ出たのだ。

夜空には雲をはっきりと照らす満月。

特別に明るい秋の月が、ベアトリスとリヒトの金の髪を、鱗粉《りんぷん》を散らしたように彩っている。

「まあ最初からいまに通じる要素はあったんだよ。ロルフが避けてニナは萎縮《いしゅく》してて、なのにロルフ、ニナの安全と健康だけはちゃんとおさえてたし。だけど改善するにしても無愛想から過保護とか、あまりに振り幅が大きすぎるっていうかさ。先週はいつのまにか二人で、王都に出かけてたし」

リヒトは、はあ、とため息をつく。

「こんなことなら勢いとどさくさで、結婚式の日取りまで決めちゃえばよかった。でもニナのご両親、娘が国家騎士団に勧誘されただけで許容量いっぱいでさ。ガルム国の〈赤い猛禽〉を倒した〈少年騎士〉はニナだって明かしたら、お母さん気を失っちゃうし」

ツヴェルフ村に正式入団の勧誘におもむき、ニナから承諾の返事をもらったのち、リヒトはニナの実家を訪問した。委細《いさい》を知らされた両親の反応は、〈クレプフェン騎士団〉に誘ったときの比ではなかった。

絶句と驚愕《きょうがく》と混乱。結婚前提の交際許可こそ願い出たが、耳に入っていたかどうかは極めて心許《こころもと》ない。妹の安全は兄の自分が責任を持つ、とのロルフの言葉に、両親が呆然《ぼうぜん》とうなずいたのは、日付が変わって王都への出立の朝だった。

すらりとした長身を丸めてしょげかえる。そんなリヒトの姿に、ベアトリスはうーんと考えてから言った。

「でもロルフのことはともかく、恋人らしくならないのは自分の責任じゃないの？　ニナの無自覚にちゃっかりつけこんで、既成事実的に、そばにいることに慣れさせせたんだから！」

「ぐっ」

「自分はきっと幼い外見年齢で扱われてるって、だから親切にしてくれてるだけだって。ニナが思いこんでたのをいいことに、さんざん〈おさわり〉したんでしょ？　それをいまさら異性として意識してほしいなんて、都合が良すぎないかしら？」

「……まったく言い返せないけど、〈おさわり〉だけはやめてくれない。ロルフにも言ったけど、ニナが首を縦にふってくれたんだから、いままでのはぜんぶ純粋な愛情表現ってことで、ね？」

愛想笑いつきの懇願《こんがん》に、ベアトリスはあらあらと肩をすくめる。

くるりと十字石に向きなおった。いまの聞いた？　ものは言いようよね、と歴代の騎士に同意を求めるように問いかける。

異母姉弟であるベアトリスとリヒトは基本的に仲がいい。

俗物《ぞくぶつ》の国王と偏屈な王妃。そんな両親からなぜこんな、明朗で公正な王女が生まれたのかと不思議がられるベアトリスは、観覧台から文句を言う王族貴族を批判した。騎士は戦闘競技会に命をかけている。行動もせずに非難するのは傲慢《ごうまん》だと、王族なら率先《そっせん》して矢面《やおもて》にたつべきだと主張するベアトリスは、選民意識の強い兄王子たちとそりがあわない。むしろ兄王子たちのいじめに嚙《か》みついて反抗する、庶子《しょし》のリヒトと気があった。

亡き母王妃が愛妾《あいしょう》の存在に苦悩したのは事実だが、それは多情な父国王の責におうところが多く、ましてリヒト自身にどうこうできたことでもない。ベアトリスは普通にリヒトを弟として扱い、リヒトもまた唯一の家族として受けいれた。

だから素性《すじょう》を偽って地方の騎士団に加わったのもいっしょで、団長ゼンメルに見いだされて国家騎士団に入ったのも同時期だ。男女の枠《わく》をこえた価値観を共有できる親友。気のおけない関係だからこそ、その言動には遠慮《えんりょ》がない。

秋の夜風が前庭の木立を揺らす。

ベアトリスは外套《がいとう》をかきよせた。

「あなたの調子のいい解釈はともかく、うじうじ悩むくらいならはっきり伝えたら？　命石だって行動しなきゃ奪えないのよ。ロルフより自分を優先してほしいとか、恋人としてもう少し関係を深めたいとか」

「本音は近いけど、でも言えない。だってニナはおれのこと、〈親切で優しくて面倒見のいい素敵な人〉って、思ってくれてるんだよ？」

「ええ⁉」

ベアトリスはおどろきの声をあげる。

リヒトはむっと眉《まゆ》をよせた。

「ええって……自覚はあるけど多少は傷つくからね。ともかくせっかく恋人になれたのによけいなことを言って、心が狭いとか不純とか焦ってるとか、そう思われるのが怖いっていうかさ」

ベアトリスは、はあ、と深い息を吐いた。

ふてくされて唇をとがらせている弟の姿を、まじまじと眺めた。

「こういうのをなんて表現するのかしら。殊勝《しゅしょう》な心がけっていうか、借りてきた猫っていうか。変われば変わるものよね。だって街の騎士団に入るころのあなたったら、来るもの拒《こば》まず去るもの追わず、女官や令嬢たちを取っかえ引っかえ――」

「ちょっとちょっとちょっと！」

リヒトはあわてて声を大きくする。

きょろきょろとあたりを見まわした。心なしかむっつりと鎮座している十字石に、誤魔《ごま》化《か》すように笑いかける。勘弁してよ、と情けない顔でぼやいた。

「それは守秘義務ってことで。いまになれば反省する部分も多少はあるからさ。ニナに知られて軽蔑《けいべつ》されて逃げられたら、おれ感情を抑えられるか自信ないし。拉致《らち》監禁事件とか、いくらなんでもまずいと思うし」

「さらっと怖いこと言うわね。弟が犯罪者になるのは、さすがに嫌だわ。わかったわよ。とりあえずニナには、秘密にしておくわ」

ベアトリスは引き気味に了承する。

長身を丸めて肩を落とすリヒトは、一見すると陽気な猫を思わせる青年だ。

朗《ほが》らかで人懐こい。けれど鮮やかな葉色の目には、ときどき険のある暗さがよぎる。それが複雑な生育歴に起因するかはわからないが、ベアトリスはリヒトが王城に引き取られたばかりの、毛を逆立てた野良猫そのままの姿を知っている。

気まぐれな飼い猫の顔をして、本質は野にひそみ獲物を狩る獣さながらの。どこか危うい弟の手綱《たづな》を調節するのは、姉としての役目だと思っている。

ベアトリスはリヒトの肩に手をおいた。

「焦る気持ちも理解できるけど、ニナはまだ、周りを見る余裕がないのよ。裁定競技会に赤い猛禽に、国家騎士団入団に初めての恋人なんて、対応するので精一杯だと思うわ。団舎に戻ってからだって、やれ正式入団の手続きだ西方地域杯の訓練だって、時間的余裕もなかったし。身の回りが落ちついたら、きっと考えてくれるわよ」

少し背伸びし、しょんぼりした頰《ほお》にキスをおくる。

リヒトは恥ずかしそうに苦笑した。

誕生月が同じの異母姉弟。姉ぶられれば辟易《へきえき》するが、甘やかされれば嬉しい。

我ながら勝手だと思いながら、ベアトリスにお礼のキスを返す。出会ったころと逆転し、自分より低い位置になった額に。健康的に焼けた肌は、夜風にさらされて陶器《とうき》のように冷えていた。

もう少しここにいるというリヒトを残し、ベアトリスは一人で団舎へと戻る。

なんとなく気になって振りかえると、リヒトは西塔を見あげていた。

切なさをふくんだ新緑色の瞳の先。三階にあるニナの部屋はすでに灯《あかり》が消えている。ロルフに疲労を指摘されたニナは、副団長に薬湯を煎《せん》じてもらい、念のために早めに寝台に入ったらしい。

「ちょっとだけ、言い過ぎたかしら？」

ベアトリスはうーんと首をひねる。

思い返せばガルム国との一件では、リヒトにかなり助けられた。そのお礼と、迷惑をかけたお詫《わ》びの気持ちではないけれど。

「ここは姉として、一肌脱ぐべきよね」

力強くうなずき、ベアトリスは腕を組んだ。

◇◇◇

扉をあけたニナは、部屋の入り口付近に積みあげられた木箱を確認する。

小塔の一階にある武具庫。長棚《ながだな》の前では団長ゼンメルが、書類を手に羽ペンをはしらせている。

「馬車に積む荷物は、こちらに集めたものだけですか？」

「そうだな。だいたいこれで最後だと……いや、兜の予備を追加しよう。命石の位置は正面から見える頭頂部のみで、規定通りだとは思うが、厳格な検品係によっては通らない場合もある」

ゼンメルは空《から》の木箱に古布をしき、棚の兜を三個ほど入れる。

西方地域杯への出立を明日に控え、リーリエ国騎士団は荷造りに追われている。

往復にすると馬で十日程度の移動と、開会式から数えて同じく十日程度の滞在。宿泊施設は提供されるが、装備品に衣類に食べ慣れた飲食物など、必要なものをあげれば切りがない。準備は容易ではなく、また総勢十七名ともなれば、運搬手段として大型の馬車が三台でもぎりぎりの量だ。

ゼンメルは書類に目を落とし、腰をたたく。

武具庫から持ち出す品々を再確認して、ニナにたずねた。

「新しい短弓《たんきゆう》と矢はどうだった？　長さと重さ、素材と弦の張り具合、鋼《はがね》の矢尻の形状も矢芯《やしん》の重心も、普段使っているものに合わせたが」

「試し打ちをしましたが、少しの違和感もありませんでした。あの、細かい部分まで注意していただいて、ありがとうございました」

　ニナは鎖帷子《くさりかたびら》の裾《すそ》につくほど頭をさげる。

　ゼンメルは鼻の丸眼鏡《まるめがね》をかけなおした。

「礼は不要だ。団員の装備品をととのえるのは団長の義務で、武器屋の倅《せがれ》としては趣味のようなものだ。西方地域杯は勝ち抜けば三競技することになる。鋼の大剣は、下手《へた》をすれば二競技で駄目になることもある。弓の予備も当然に必要だ。矢は破損する場合を考えると、三筒《つつ》分そろえた方が確実だろう」

「はい」

「本当ならおまえの身体《からだ》を計測し、もっとも適切な弓矢を再検討《さいけんとう》したかったがな。しかし弓は専門外で、西方地域杯までの短期間では詰められなかった。今回の結果を参考に弓術に関する書物をあたり、近隣の猟師にも相談しようと思う。悪いがいま少し、待ってくれ」

「わ、悪いだなんて、そんな」

　ニナは胸の前に両手を立て、とんでもないです、と首をふる。本来なら大剣の調整に専念するところを、自分ひとりのためによけいな手間をかけさせているのだ。

　恐縮したニナに、ゼンメルは薄く笑う。

「珍しい〈武器〉を手にすれば、どうしたらそれが最大限いかせるか、工夫《くふう》するのが醍醐《だいご》味《み》だよ。西方地域杯は〈火の島《イグニス・インスラ》〉の西方地域に所属する国々が参加する、年に一度の盛大な祭りだ。優勝すれば示威的な効果が得られるが、負けても裁定競技会のような実害はない。おまえの弓術をあらためて確認するいい機会だ」

「示威的な効果……？」

「ようは軍事力の誇示だな。国の紛争を解決する裁定競技会は、正しいものでなく勝ったものが正義となる。だが西方地域杯で圧倒的な力を示せば、強さを頼みに正義を盗もうとする輩《やから》も、端《はな》から仕掛けてこない。現にガウェインの蛮勇《ばんゆう》で無法を押しとおしたガルム国も、〈黒い狩人《シュバルツ・イエーガー》〉と呼ばれる破石王《はせきおう》を擁《よう》するキントハイト国には、恫喝《どうかつ》が目的の裁定競技会を仕掛けていない」

「えと、つまり強い騎士団がいると、それだけで国を守れる、ということですか？」

「その通りだ。まさしく〈盾〉というわけだな」

ゼンメルは飲みこみの早い生徒を褒めるようにうなずいた。

「西方地域杯には百名をこえる騎士が参加し、それぞれの思いを覚悟に剣を振るう。勝利を目指すのは当然だが、さまざまな戦いぶりを見ることで、おまえが今後、騎士としてどう生きるかの指標になろう」

教師然と告げ、ふたたび書類に目を落とす。

ゼンメルの指示を受けて忘れ物を確認していたニナは、壁際の細い木箱に目をとめた。

「ゼンメル団長、あの木箱もそうですか？」

「いや。あれはちがうが……そうだな。なにが起こるかわからんし、いちおうは聞かせておくか」

ゼンメルは細い木箱に近づいた。立てかけた状態のまま蓋《ふた》をあける。

貴重なものが入っているのか、分厚い緩衝材《かんしょうざい》がまず見えた。古布をとくと、出てきたのは一振りの大剣だ。抜き身の状態で鞘《さや》はない。窓からの光に輝くのは見慣れた灰銀色。

――この剣がなにか？　聞かせる、とは、どういう意味でしょうか。

問うような視線を向ける。ゼンメルは、やはりな、という顔をした。

「目の良いおまえでも難しいか。含有量《がんゆうりょう》や形状にもよるが、基本的な色は同じだからな。ニナ、これは硬化銀《ウルリル》の大剣だよ」

「硬化銀の大剣……」

ニナはくり返した。

声に出し、耳がそれを認識する。ややあって息をのんだ。

――待ってください。硬化銀の大剣って、それって。

「いかにも。作ること使うこと所持すること。〈国家連合《リントヴルム》〉によりそのすべてが禁じられている、硬化銀製の武器だ」

ゼンメルはこともなげに答える。

ニナは青海色《あおうみいろ》の目をみはった。剣先から柄頭《つかがしら》までをまじまじと見やる。外見的にはリヒトらが使う鋼の大剣と変わらない。剣身《けんしん》の長さや柄の装飾などは異なるが、それは使用者や制作した鍛冶屋《かじや》のちがいによる誤差の範囲で、とくに気にするほどのことでもない。けれど問題はそこではない。

恐々と身を引いたニナに、ゼンメルはむしろ満足そうな顔をする。

「怯《おび》えるということは、おまえが戦闘競技会制度を正しく理解しているということだ。戦闘競技会の安全性を確保するため、使用できる防具は硬化銀製、武器は鋼以下の硬度ののみ。硬化銀の武器は存在そのものが禁忌《きんき》とされ、違反者へはときに数十年単位の懲役《ちょうえき》刑が科される」

「はい」

「だがなにごとも例外はある。裁定競技会の結果にそむいた国への制裁的軍事行動には、硬化銀製武器の使用が認められる。敵兵を殺す戦争で優位にたち、同時に〈見える神〉の威光を示すためにな」

ゼンメルは木箱の大剣に手をかける。器用そうな長い指で、柄をにぎった。

「国家連合の総本部――テララの丘のプルウィウス・ルクス城には、制裁に使用する硬化銀製の武器が保管されている。それらは参加する国々に貸し与えられ、終われば回収だ。しかしなかには戦場の混乱で失われるものも、たとえば補給部隊として参加した武器屋が、純粋な興味で持ち帰ることもある。所持はあくまで、露見してこその所持だからな」

「では、その、それも？」

ニナはおずおずと大剣を見る。

ゼンメルは軽く首をふった。

「いや。これはおそらく別件だ。古い知人から鑑定を頼まれてな。……話がそれたが、西方地域杯で勝利するため、不正をおかす不心得者がいない保証はない。おまえも一度は、硬化銀の大剣を確認した方が安全だ」

ゼンメルは壁際に置かれた等身大の甲冑《かっちゅう》に近づく。よく聞いてくれ、と断って、軽く踏みこんで胴を打った。

きん、と高い音が飛んだ。

硬化銀同士がぶつかると、片方が鋼のときと比べ、わずかに高く澄んだ音がするのだとゼンメルは説明する。言われてみればそんな気もするが、金属が弾きあう音は、訓練で耳にする音とそう変わらない。

ニナが正直に伝えると、ゼンメルはとくに気を悪くしたふうもなく言った。

「硬化銀の含有率や武器の種類でもちがいが生じる。聞き分けられる方が小数で、そのために審判部の検品係がいる。ほかの団員にも試したことがあるが、トフェルは耳ざとく、リヒトはまったく駄目だった」

ゼンメルは大剣を軽く振る。甲冑についた薄い太刀傷《たちきず》を観察し、緩衝材の古布で剣身をふいた。

木箱に収めて蓋をしたところで、背後の扉がたたかれた。

「――やっぱりまだ武具庫だった。なかなか戻らないから、荷物が重くて持てないのかなって、心配になってさ」

あらわれたリヒトはニナを見て微笑《ほほえ》む。

つづいて入室してきた副団長クリストフは、ゼンメルと同じように書類の束を抱えている。入り口付近に積みあげられた木箱に目をとめ、え、という顔をした。

「まだこんなに残っているのですか。まいりましたね、荷物が予想以上に多くて、ただでさえ大騒ぎなのに」

「わからんな。競技会がはじまるまえからなにを騒ぐ?」

「いえその、ヴェルナーたちがですね、〈水〉は喉《のど》に慣れたリーリエ国産の麦酒《ビール》でないと、体調を崩すかもしれないと。馬車の荷台に勝手に酒樽《さかだる》を積みこんで、注意したら、だったら腹に入れて持っていくと飲み出してしまって」

「王女殿下はどうした？」

騎士としては円熟した玄人《くろうと》の集団だが、日々の生活態度は風体もふくめて野盗とそう変わらない。そんな中年組はハンナの怒声さえ右から左だが、柳眉《りゅうび》を逆立てたベアトリスの小言《こごと》には、渋々ながら耳をかたむける。

しかしながら肝心《かんじん》のお目付役は、忘れ物をとりに急遽《きゅうきょ》、王城に戻っているのだという。

ゼンメルはあっさりと説得を放棄《ほうき》した。

「ならば仕方ない。我らがなにを言おうが無駄だ。飲ませるだけ飲ませて、つぶれたら荷台に積んで持っていく。ちなみにほかの連中は、きちんと積みこみをやっているのか？」

ゼンメルの問いに、穏やかそうな風貌《ふうぼう》の副団長は言いづらそうに口を開く。

まともに働いているのはオドくらいで、ロルフは自分の荷積みだけすませて日課の訓練にいそしんでいる。トフェルは馬車引き馬のたてがみにリボンを結び、たしなめたら逃げて帰ってこない。

ゼンメルは目を閉じて白髭《しろひげ》をなでた。

いろいろと心配になるニナに、リヒトは明るい声をかける。

「親父《おやじ》連中と悪戯妖精《ニュンフェ》なんて気にすることないよ。不愉快なかんちがいと笑えない比喩《ひゆ》表現しかしないんだからさ。それより荷物をはこび終わったら、調理場でお菓子を選ぼう？あっちで屋台に行ければいいけど、おれ今回は面倒な用事があるんだよね。マルモア国は縫製《ほうせい》業が盛んで、ドレスや服飾品を扱うお店も多いらしいんだよ。ニナと見て回るのも楽しそうだなって、思ってたんだけどさ」

リヒトはかさねられた木箱を抱える。

小さな木箱を持ったニナが扉をあけた。ふたりは現地での予定を話しながら、武具庫をあとにした。

あっさりと閉まった扉を眺め、ゼンメルはふんと鼻を鳴らす。

「まるで観光旅行の準備だな。ガルム国との件が一段落し、浮つく気持ちもわからなくはないが」

「はあ。それにしてもリヒトはあからさまですね」

「まったくだ。たとえは悪いが命石《めいせき》についた飾り布だよ。リヒトの居所を探すなら、ニナを見つける方が話は早い。騎士団の〈騎士〉としての責務さえ果たしてもらえれば、私生活はどうでもいいが」

ゼンメルはわずかに視線を落とした。

それに気づいたクリストフは言葉を探すような顔をする。

王城との折衝役《せっしょう》を受けもつ副団長は、他人の機微に敏感だ。司祭としての知識はもとより、落ちついた対応は、国家騎士団を控えめに支えている。

「……正直なところわたしも心配です。競技場に個人的な関係を持ちこまないかどうか。リヒトはちょっと難しい部分があるので」

「そうだな。その点、ロルフは頑固なぶん単純な男だ。ひとたびニナを騎士として認めた以上、ガウェインの攻撃から庇《かば》ったときのような真似《まね》は二度としないだろう」

「女騎士の多いマルモア国では、騎士団員同士の恋愛が禁じられているそうですね」

「無駄な面倒ごとを未然に防ぐという意味では有効だな。いずれにしても本人たちの問題だ。なるようにしかならんよ」

ゼンメルは乾いた声で結論づける。

クリストフは積みこんだ装備品以外の目録を提示する。承諾《しょうだく》を得たところでもう一つ、数字の記されている書類を見せた。

示されたのは国家騎士団の予算案だ。リーリエ国騎士団の運営費は王城から支給される。来月は次年度の予算案の提出月であり、副団長クリストフは今年度の支出状況を参考に、早々と原案作りに取りかかっている。

「飲食費と修繕費《しゅうぜんひ》は仕方ないとして、装備費の額をずいぶんと増やしたな？」

「先月頃より硬化銀製甲冑の相場があがりました。どうも次年度は国家連合が、硬化銀の供給量を減らすとの情報が流れたようです。不足してから追加予算を組むよりは、と」

「なるほど。〈見える神〉はまたぞろ、採掘量の不足を理由に己の腹を膨らませるつもりか」

「はっきり仰《おつしや》いますね」

クリストフは苦笑する。

ゼンメルは目頭《めがしら》を指でおさえた。

「武具関係の業者のあいだでは、昔から公然の秘密だよ。火の島において硬化銀が採掘できるのは中央火山帯のみ。採掘権は国家連合がにぎり、そして戦闘競技会で使用が認められる防具は硬化銀製だけ。下心を出すなという方が無理だろう」

「ならば恒久平和をもたらした〈見える神〉への、お布施《ふせ》と考えるしかないですね。あと硬化銀といえば、気になる話が」

「なんだね」

「甲冑の納入業者から聞いたのですが、北方地域に近いどこかの国で討伐《とうばつ》された野盗《やとう》が、硬化銀製の武器を所持していたらしいと。国家連合からの散逸品とも考えられますが、北方地方の大国バルトラムが硬化銀の隠し鉱脈を持っているとの噂《うわさ》は以前からあります。出所も曖昧《あいまい》な情報ですが、場所が場所だけに、少し引っかかって」

「情報の出所はたしかだよ。物の出所はわからないがね」

ゼンメルはうそぶくように言った。

え、と声をあげた副団長に首をふり、壁に立てかけてある木箱を見やった。

なかに眠るのは禁じられた武器。その出所に思いをはせると、ゼンメルの胸には戦塵《せんじん》の匂《にお》いのする雲が不吉にわく。

「〈黒い狩人〉が捕まえようとしているものが本当に〈竜〉なのか。たかが一国の騎士団長には、まったく荷が重いことだな——」


——翌日。

リーリエ国騎士団は西方地域杯に出場するため、マルモア国めざして出立《しゅったつ》した。

復帰した一名を入れて十六名の出場騎士と、指揮をとる団長ゼンメルを加えて総勢十七名。五日間の行程をかけて予定通り、会場であるミラベルタ城へと到着した。

2

——どうしましょう。いまさらですけど、本当に、どうしましょう。

ニナはすでに自分の失敗を悟っている。

周りを囲むのは人。右に行きたいのに後方にはこばれ、足を踏ん張ろうとすると浮いてしまう。まるで群衆という名前の洪水だ。救いを求めて見あげた空は、どこかそっけない異国の曇天《どんてん》。

——甘すぎました。戦闘競技会と混雑は切っても切れない関係だと、キルヒェムの街やザルブル城で学んだのに。ある程度は覚悟していて、でもまさかここまでなんて。

西方地域の北東に位置するマルモア国の南部。国家連合に指定された公認競技場である、ミラベルタ城の城下街。

リーリエ国騎士団が宿舎に入ったのは昨日の午前中。接待役の貴族から施設の説明を受け、長旅の疲れを癒《いや》すまもなく荷ほどきに追われた。そして西方地域杯の開会式を明日に控えた今日、ニナは一人、買い物のために街へと出ている。

マルモア国の国章は糸車だ。高品質の亜麻や羊毛から富を紡《つむ》ぎだす経済の土台。それを象徴するように、建物も町並みも、さまざまなものが円形を基本につくられている。

競技場を丸く囲む城壁に観覧台のある居館と、宿舎として提供される円柱型の塔。中庭の外縁に建てられた宿舎の一階は回廊《かいろう》で輪状につながり、地下には各国が利用できる訓練場が巨大な円を描いている。

平時は地方競技会に利用される城を中心とし、うねうねと曲線がつづく路地には、仕立屋や生地を扱う店など縫製関係の店舗《てんぽ》が多い。通りが交差する丸い広場には、露店や小物を売る屋台、近郊の街から出向いた交易商の姿もある。

ニナが宿舎を出たのは昼の鐘のあとだ。

旅用外套《がいとう》をはおり、背中には矢筒《やづつ》と弓を護身用にそなえる。城壁を守る門番に身分証明書代わりの〈騎士の指輪〉を示し、初めてのマルモア国に足を踏みだした瞬間、波にのまれるごとく人混みにさらわれた。あれよあれよと流され、気がつけば現在地も不明などこかの広場。

――まえに困ったときはリヒトさんや、兄さまが助けてくれましたが。

耳が壊れそうな喧噪《けんそう》に、張りあげられる呼び込みの声。背の低さが災《わざわ》いして、見えるのは人々のお腹と背中。前後からおされたニナは息苦しさに身をよじる。

リヒトはベアトリスや団長らと、朝から事前会議に出席している。西方地域杯の進行や規則の説明、組み合わせ抽選がおこなわれる会議は、各国から立会人としての王族、あるいはその代理貴族と騎士団員らが参加するのが決まりらしい。

リーリエ国はここ数年、ベアトリスと兄である第二王子が任にあたっていたが、第二王子は療養を理由の欠席となった。夏頃に階段の転落事故で骨折し、その傷がいまだ癒《い》えないのだという。リヒトとしては〈ラントフリート王子〉の役目は不本意だったが、第二王子の事故原因に関わりがあるらしく、渋々ながら引き受けたとのことだった。

ニナと屋台で買い食いしたかった――朝食の席で残念そうにこぼしたリヒトに、ニナが同意したのは不自然な間をおいてからだった。

西方地域杯をまえに国家騎士団員として、浮ついた行動だとの自覚はある。けれど恋人となったリヒトは就寝時をのぞき、ほとんどそばを離れない。ニナの胸にはマルモア国が縫製業の盛んな国だと聞いて思いついた計画があった。申しわけないけれど、リヒトに用事ができた状況が格好の機会だと考えたのだ。

――ニナはこの日、ドレスの修繕材料を探すために街へと出た。

リーリエ国の王都ペルレを初めて訪れたとき、リヒトに買ってもらった青いドレス。その帰途で野盗に襲撃され、破れてしまったドレスを直すことは、仮入団を終えて村に帰ったときからニナの目標だった。そして恋人として団舎に戻ったいまでは、修繕したドレスを着てリヒトと王都に行くことが、ひそかな夢となっている。

古着屋の衣類は安価だが、扱う商品の出所はさまざまで、なかには入手しづらい材料が使われている品もある。購入した店で相談したものの、ニナのドレスは異国からの転売品らしく、同じ素材は在庫のなかに見つからなかった。必要なのは胸元の装飾レースと、スカート部分の深い海色の生地。縫製業が盛んだというマルモア国ならば、手に入るかもしれないと期待したのだ。

土地勘のない街と予想される大混雑。本来なら安全性を考慮《こうりょ》し、リヒトの時間が空くのを待つべきだろう。けれど修繕したドレスを着てリヒトと出かけたいと考えていることを、本人に知られるのは決まりが悪い。

ちなみに兄のロルフは早朝から地下の訓練場に向かい、トフェルはオドを引きつれてミラベルタ城の探索に行っている。中年組は異国の酒は体に障《さわ》ると文句を言っていたわりに、マルモア国の葡萄酒《ぶどうしゅ》は最高だと、城下の酒場をはしごしているらしい。

——王都の古着屋さんで同じものが入荷するのを待つ手もありますが、いつになるかわかりません。せっかくの機会ですし、なんとかこの街で探したいです。だからともかく、自分で対処しないと。

ニナは懸命にあがいた。細い手をつっぱり、できた隙間《すきま》にもぐりこむ。むぎゅっと圧迫してくる人の海を泳ぎ、やがて弾き出される形で石畳《いしだたみ》に転がった。

街路樹のそばに避難し、外套のポケットに金貨袋があることを確認する。肩で大きく息をしていると、近くの露店で買い物中の男女が視界に入った。

ぴったりとよりそい腰に手をまわし、土産物《みやげもの》らしい糸車を品定めしている若い男女。睦《むつ》まじい様子からして恋人同士だろうか。自分とリヒトの姿をなんとなくかさねたニナは、頰《ほお》を染めて唇を結ぶ。恥ずかしいような、ほんの少し羨《うらや》ましいような複雑な気持ちになった。

現在のリヒトとの関係に不満などない。優しく大切にしてもらって、分不相応に幸せだ。けれど恋人になる以前とさほど状況が変わらない点については、果たしてそれで大丈夫なのかと思うときもある。

――そもそもニナは恋人同士がどういうものなのか、あまり理解していない。

十歳程度の体格のせいで、ツヴェルフ村では〈その手〉の対象外で十七歳まで過ごした。騎士として相手にされなかったこともあり、同年代の村の青年とは挨拶《あいさつ》をする程度の関係だ。恋愛的な事柄の情報源はカミラたちで、地方競技会で対戦した相手と恋人になった少女の話も聞いたが、あくまで夢と変わらぬ他人事《ひとごと》だった。

だからリヒトと自分の関係について、これが普通の恋人同士だ、と言われれば素直にうなずける。ただ最近のリヒトは、妙に明るかったり逆に沈んでいたりする。まえに自分本位で訓練を無理強《じ》いしたと謝られたときのように、なんだか気になる雰囲気《ふんいき》もある。

――わたしが不慣れなせいで迷惑をかけている可能性も否定できません。もし二人で王都に行けたら、そのあたりのことも、お話ししたいなと思うのですが。

午後の鐘が遠く聞こえた。

ニナは少し焦って周囲を見まわす。

人混みにさらわれたせいで、ミラベルタ城からかなり離れてしまっている。世話役の貴族から、素材を扱う店は城門前広場からそう遠くない、街の西側にあると教えられた。

ニナは中央通りの先にそびえるミラベルタ城の国旗を手がかりに、西側の路地へと入った。掲《かか》げられた看板を確認しながら進む。ウールやリネンなどの店舗を過ぎて、そろそろレースの専門店が見えてくると思った、そのとき。

「――もういい！　離せ！　これ以上、おまえと話すことはない！」

唐突《とうとつ》に飛びこんできた怒鳴り声。

ニナはおどろいて周囲をうかがう。

中央通りの喧噪とは対照的な、人気《ひとけ》のない街の一角。建物のあいだの狭い路地をのぞきこむと、外套をまとった男性が、同じく外套姿の男性の腕をつかんでいる。

そばの店舗らしい戸口には、寂れた雰囲気の酒場の看板が見えた。酔っ払い同士の喧嘩《けんか》だろうか。そう思ったニナの目の前で、腕をつかまれていた男性が不意に苦しみだした。

「え?」

急転する事態にニナは面食らう。

うずくまった男性の脇に、腕をつかんでいた男性がかがんだ。苦痛にあえぐ男性の外套をまさぐり、ポケットから小さな木箱を抜きとる。フードを目深《まぶか》にかぶると、身をひるがえして走りだした。

――ど、泥棒?

男性は路地の出口付近に立つ、ニナのそばをすり抜けていく。ガチャ、カツ、ガチャ、カツ、という不揃《ふぞろ》いな足音が石畳を鳴らした。

苦しそうに身体《からだ》を折る男性と逃げていく男性。ニナは反射的に、背中の弓矢に手をのばした。

矢筒にかけた弓をとり、左手でかまえながら右手で矢を引き抜く。

遠ざかる男性に矢尻の先を向けたが、非武装の相手を射ぬいたことはない。迷ったすえ、外套の裾《すそ》からのぞく左足に狙いをさだめた。横をかすめる程度なら、さほど怪我《けが》をさせずに止められるはずだ。

ニナはそう考えたが。

「⁉」

金属音が飛び、弾かれた矢が回転して石畳に落ちた。

がくんと左足を崩した男性の、切れたズボンのなかから金属の灰銀色がのぞく。男性は体勢を立て直した。ガチャ、カツ、という足音をひびかせ、通りの向こうへと走り去っていった。

――甲冑《かっちゅう》を身につけているようには見えませんでした。それにあの不揃いな足音。左足はもしかして、義足だったのでしょうか。

「ぐっ……くそっ……」

背後から聞こえてきたうめき声。

ニナはあわてて、うずくまる男性のそばに膝をついた。おろおろと顔をゆがめ、大丈夫ですか、と問いかける。

「あの、どうしよう。ごめんなさい、えと、逃がしてしまって。だ、誰か呼んで。そうだ酒場。酒場なら人が――」

動揺《どうよう》のまま立ちあがったニナの腕を、男性がつかむ。

切れ長の青灰色の目が強く向けられた。ニナはおどろきに動きを止める。脂汗《あぶらあせ》の浮いた顔は青白く、血の気を失った唇は薄い。薄金色の短髪と言葉づかいから、男性かと思ったが。

——ちがいます。この人は。

ニナはまじまじと、自分の腕をつかんだ若い女性を見おろした。

「騒ぎに……するな」

「え?」

「誰も呼ばないでくれ。頼む……」

女性の手にぐっと力がこもる。骨が軋《きし》むような強力に、ニナは眉《まゆ》をひそめた。

「で、でもすごく辛《つら》そうです。それにさっきの、あの男の人になにか盗《と》られて……?」

「この程度なら、おさまる。いつもの後遺症だ……。薬もまだ……まだ少しなら持っている」

女性は肩で激しく息をする。

外套をかきわけ、小刻みにふるえる手を腰の剣帯《けんおび》にのばした。

大剣の柄頭《つかがしら》に指をかける。持ち手の先端にあたる丸い形状の柄頭。なにをするのかと思っていると、爪をひっかけて柄頭をあけた。空洞になっている内部には、指先ほどの黒い粒が入っている。

女性は黒い粒を一つ取りだした。口に入れるとかみ砕《くだ》き、ふーっと大きく息を吐く。

ニナは遠慮《えんりょ》がちにうかがった。

「あの、いまのが薬ですか？　お水をお持ちしましょうか？」

「水は……大丈夫だ。競技会中でも……のめるよう、工夫《くふう》して、練《ね》りあげてある。手足の痺《しび》れや意識の消失を抑える丸薬だ。しばらくすれば……おさまる」

「それならよかったです。でもいちおう、医師を呼んできますか？　あとさっきの男の人のことも。詳しい事情はわかりませんが、もし泥棒なら、届け出た方が」

「どっちもいらない。これは……古傷の後遺症だ。親善競技で負った……。いまさら治るものじゃない。それよりおまえは……街の子供か？」

女性は探るように見あげてくる。

ニナはとっさに答えられない。

騎士団の守秘義務が頭に浮かんだ。騎士の指輪は念のため、ミラベルタ城を出てからはずしてポケットのなかだ。

女性は石畳におかれた短弓《たんきゅう》に目をとめる。怪訝《けげん》な顔をしたが、所詮《しょせん》は子供だと思ったのだろう。まして西方地域杯の会場とあっては、農民も猟師も、近隣からさまざまな業種のものが集まってくる。

女性はまあいい、と首をふった。

ようやく症状が落ちついてきたのか、先ほどよりしっかりした声で言った。

「子供には理解できないかもしれないが、騒ぎにされると都合が悪い。おまえはわたしと会わなかった。そしてなにも見なかった。父親と母親にも、どうか秘密にしてほしい」

「都合が悪いって、あの……?」

「誤解するな。別に街役人の世話になるようなことをしているわけではない。……わたしはとある国家騎士団の騎士だ。西方地域杯に参加するため、この街にやってきた」

「国家騎士団の騎士……」

「今回の西方地域杯でやっと念願が叶い、交代騎士として陣所《じんしょ》に入れることになった。……さっき奪われたのは薬箱だ。街役人に届け出てそのことが明らかになれば、わたしの病状が騎士団に知られてしまう。そうすれば出場を禁じられるだろう。それは避けたい」

女騎士は表情に苦渋《くじゅう》をにじませる。

少し考えて、鎖帷子《くさりかたびら》の内側に手を入れた。小袋を取り出すと、戸惑うニナににぎらせる。

「あ、あの?」

「これをやる。だから頼む。今回の競技会には、わたしの覚悟がかかっている。なんとしても結果を出し、〈獅子の王冠《レーヴェ・クローネ》〉を許されたいのだ」

それだけ告げて立ちあがる。

感触から金貨袋だと悟ったニナはあわてた。

待ってください、困ります、と声をかけたが、女騎士は路地を吹き抜ける秋風のように去っていった。

◇◇◇

——着付けをお願いされただけなのだ。

ニナは高貴な方々の礼法にもドレスにも詳しくはない。けれど現在のリーリエ国騎士団における女性団員は、ベアトリスとニナの二人だ。

男の人には頼みづらいこともあるかもしれない。それにベアトリスには普段団舎で、食事内容や身の回りのことまで、姉妹のように気安く助けてもらっている。首飾りをかけるのも髪をととのえるのも、踏み台を使えば手が届く。できることならなんでも協力したいと、二つ返事で引き受けたのだけれど。

——なぜわたしが、着付けをされる側になっているのでしょうか？

ニナは鏡に映る自分を虚脱した表情で眺めた。

ミラベルタ城の中庭に面した宿舎。五層からなる円形の塔には、各階に十室程度の個室が並ぶ。寝台や衣装箱、壁には剣かけと装備品置き場の長棚《ながだな》をそなえた室内は、騎士が使用しやすいように実務的で無駄がない。ただし最上階は団長や、同行した王侯貴族用に広めの個室となっていて、姿鏡に化粧台《けしょうだい》、長椅子《ながいす》に暖炉《だんろ》なども配置されている。

そしてニナが現在いるのは、最上階のベアトリスの部屋だ。姿鏡のなかには自分と、すでに完璧《かんぺき》に支度《したく》を終えたベアトリスが映っている。

ベアトリスはニナの首元をのぞいて言った。

「鎖骨《さこつ》が丸見えだし、ちょっと開きすぎかしら。これなら十歳のときじゃなくて、もっと小さいころのドレスを持ってくればよかったかも。でもまあいいわね可愛《かわい》いから！　色も杏《あんず》色で正解だわ。なんかこう秋っぽいし上品だし」

「あ、あの、王女殿下」

「あとは髪ね。柔らかくまとめて花飾りがいいかしら。ああそんな心配しなくても、服装規定はないから大丈夫よ。マルモア国は礼典作法もゆるいのよね。まえにクロッツ国で前夜祭に出席したときは、挨拶《あいさつ》の順番から会話の内容まで、いちいち形式張ってすごい面倒だったけど」

「王女殿下、そ、そうではなくて」

「食事なら出るわよ？　でも列席者も多くてごちゃごちゃしてるし、落ちつかないと思うわ。ハンナに野菜の酢漬けを作ってもらってあるから、帰ってから食べましょ。マルモア国の食事も普通に美味《おい》しいけど、やっぱりハンナの料理よね。会場によっては同行してもらうんだけど……ほら、ラトマール国なんかは西方地域の南の端で、味付けが微妙に南方地域風なのよ！」

――どうしましょう。まったく話が通じません。

悪気はないのだろうけど強引で、口を挟むまもなく物事が進められていく。ニナはあらためて、リヒトとベアトリスが姉弟だと実感した。

あのあとニナが宿舎へ戻ったのは、夕の鐘がなる少しまえだった。

思わぬ揉《も》め事に遭遇《そうぐう》し、しかも病気を抱えているらしい相手に金貨袋を渡され、ニナはただ途方にくれた。返さなければと行方《ゆくえ》を追ったが見つからず、街役人に相談しようにも口止めされている。そのことで時間を使い、結局は目的のお店にも行けなかった。

いったい自分はなにをしに街へ出たのか。とぼとぼと宿舎に帰ったニナを待っていたのは、両手を腰にあてたベアトリスだった。

わ！

——もう、どこへ行ってたのよ！　早く着付けをしないと、前夜祭に間に合わなくなる

きつく柳眉《りゅうび》をよせられ、ニナはわけもわからず謝った。まったく初耳だけれど、前夜祭の支度には手伝いが必要なのだろうか。こっちよ、と手を引くベアトリスにつれられ、塔の螺旋《らせん》階段を急いであがった。

はい脱いで、これ着て、次はこれよ——戸惑うニナにてきぱきと指示を出すベアトリスの姿は、まるで仮入団の手続きをしたときのリヒトのようだった。これのどこが着付けの手伝いなのか、自分はいったいなにをさせられているのか。ニナの疑問をよそに、ベアトリスは同時進行で、自分の身支度を慣れた手つきでととのえる。

ベアトリスが着用したのは濃い茜《あかね》色のドレスだ。

台形に開いた女性らしい胸元と、見事な曲線を描く腰には百合《ゆり》をあしらった飾り紐。袖《そで》口《ぐち》を折り返してつくる垂れ袖《そで》は大きく、薄黄色のレースが蝶《ちょう》の羽を思わせる。髪は耳の両側だけ編んで後頭部でたばね、首飾りと同じ大粒の真珠《しんじゅ》で飾った。華やかながら落ちついた印象が、王女としての気品と美しさを際立《きわだ》たせている。

一方のニナは淡い杏色のドレスだ。

濃淡と素材のちがう生地をかさね、装飾的に開けられた切れ込みから、裏地の刺繍《ししゅう》をあ

えて見せている。胸元は深く、肩からゆったりと膨らんだ袖。ベアトリスが幼少時に着用していたドレスらしく、ふんわりと甘い雰囲気《ふんいき》はやや幼い。袖口や裾《すそ》のリボンが金色なのも、ベアトリスの髪色と合わせたためだろう。

ベアトリスはニナの髪をゆったりとまとめた。八重《やえ》の薔薇《ばら》を摸した髪飾りをさして完成。我ながらいい仕事だわ、と満足そうにうなずく。

ようやく解放され、ニナは鏡の前の丸椅子からおりた。

背後のベアトリスに向きなおり、訴えるように問いかける。

「王女殿下、これはいったいどういうことでしょう。わたしはなぜ、王女殿下に着付けていただいているのですか？」

ベアトリスはうん、と眉《まゆ》をあげる。行動してから考えることの多いベアトリスは、説明がまだだと、やっと気づいたらしい。

「つまりはあれよ、非日常の演出よ」

「非日常？」

「そうそう。慣れた生活も楽しいだろうけど、変化を求めるなら形から入るのもありかしらって。ようはお互いに、きっかけになればいいのよ」

ますますわけがわからない。頼りなく眉尻をさげたニナに、ベアトリスは優しく微笑《ほほえ》んだ。

「考えたらリヒトだけじゃなくてニナにも、ちゃんとお礼をしなきゃいけないものね。お礼になるように、上手《うま》く事が運べばいいけど」

「事が運ぶって……」

「ちなみにわたしにはご褒美《ほうび》よ。だって最高に楽しいもの。帰国したらまた、ニナで着せかえして遊んでいい？　このまえ王城に帰って、子供のときの服を探したんだけど、似合いそうなのがたくさんあったのよ」

両手を合わせ、ねえお願い、と首をかしげる。

潤んだふうな深緑色の瞳と、大輪《たいりん》の白百合もかくやの美貌《びぼう》。真正面で見つめられ、ニナは頬《ほお》を紅潮させる。

怖いほどの美しさに正視できない。逃げるようにうつむいて、流されるまようなずいた。

ベアトリスは約束ね、と笑った。

「じゃあそろそろ行きましょうか。日暮れの鐘はさっき鳴ったばかりだし、ちょうどいいわ」

「え、あの、行くって」

「いやあね。前夜祭よ。決まってるじゃない！」

「は？」

目をまたたくニナに、ベアトリスは顎《あご》に手をかける。言わなかったかしら、まあいまさらね、とあっさり片づける。

「リヒトと副団長は会議が終わったあと、そのまま大広間に向かったの。サーコートに式典用帯とケープだけでいいなんて、男の人の支度って本当に楽よね。でもニナを可愛くできたから、それはそれで役得かしら！」

さあこっちよ、とニナの手をとった。

あの、待ってください、という悲痛な声は、上機嫌なベアトリスの耳には届かない。

◇◇◇

西方地域杯の前夜祭は、居館二階の大広間で開催される。

参列するのは開催国であるマルモア国の王侯貴族をはじめ、運営責任者である国家連合審判部の正審判。また早朝からの事前会議に出た各国の立会人や騎士団員たちだ。総人数はおよそ七百名。人数だけみればかなりの規模だが、マルモア国の公認競技場は平均のそれよりも小型で、例年と比べれば少ない。西方地域でもっとも戦闘競技会が発展しているキントハイト国の公認競技場には、千人をこえる人数が集《つど》える巨大広間があるのだという。

前夜祭と名がつくだけあって、音曲や料理、着飾った列席者が華やかに広間を飾るのは、普段の夜会と変わらない。ちがうのは会場のそこここに貼られた抽選結果の対戦表と、それに群がる軍衣《ぐんい》を着た参加国の騎士たちだ。

抽選はそのまま競技会成績を左右する。くじを引いた立会人の運の悪さを嘆《なげ》き、あるいは優勝予測に花を咲かせる。気の早いものは西方地域杯後の親善競技《しんぜんきょうぎ》を組むために、各国の行事予定を確認している。前夜祭の後半には抽選で最終番を引いた国の模範剣技も予定されている。名誉を得たクロッツ国騎士団長の周囲には、早くも人だかりができている。


ニナをつれたベアトリスは宿舎の一階におりると、中庭を囲む回廊《かいろう》をぐるりと回り、南にある居館へと入った。中央階段をあがり、二階の大広間を目指す。

山吹《やまぶき》色の国章が壁を飾るホールでは、列席者がゆったりと歓談している。その奥の大扉に向かったベアトリスが、まあ、と声をあげた。

「シュパッツオ子爵、お久しぶりですわね！」

ドレスの裾に両手をそえ、優美に一礼する。これはこれは、と微笑んだ男性は、リーリエ国王女として面識のある他国の貴族だろうか。そのまま話しこむベアトリスに、付近で談笑していた列席者が次々に近づいてくる。

ごきげんよう、お元気そうですわね、お会いできて光栄ですわ――ベアトリスは如才《じょさい》なく対応する。西方地域各国の王侯貴族が集《つど》う前夜祭は、年に一度の交流の場だ。名前や顔を覚え、近況をたずねあう。親睦《しんぼく》を深めつつ自然と情報収集をするベアトリスは、美しく明朗な外交官でもあった。

ようやく腕を離してもらえたニナは、こっそりとその場から離れる。小柄な身体《からだ》を丸めるようにして、壁に近い円柱の裏に隠れた。

ほっと大きく息を吐く。唇を結び、青海色《あおうみいろ》の目を頼りなく潤ませた。

――申しわけないですが、わけがわかりません。前夜祭なんて、王女殿下のような方々が参加する席に、どうしてわたしが。それにこんな高そうなドレス。もし王都のときみたいに駄目にしてしまったら、とても弁償できません。汚さないうちに、早く脱がないと。

そこまで考えて昼間のことを思いだす。ドレスの修繕《しゅうぜん》材料を探しに行った街で出会った女騎士。

名前までは聞いていないが、国家騎士団に所属していると言っていた。もしも前夜祭に参加していたら、金貨袋を返す絶好の機会かもしれない。金貨袋は部屋に置いたままだけれど、どこの国の女騎士なのか、それだけでも知ることができれば。

ニナは円柱の陰に隠れたまま、大広間に向かう人々をそっと見やった。さまざまな色の軍衣をまとう騎士たちのなかに、薄金色の短髪に中性的な顔立ちの女騎士を探す。

あの人もちがう、この人でもない。胸の前で両手を組み、うろうろと視線をさまよわせるニナの耳に、近づく足音が聞こえてくる。

「どうした。そんなにきょろきょろして、迷子なのか?」

耳に忍びこむような低い美声。

見あげたニナは兄さま、と口にしかけてやめた。他を圧するような重厚な気配で兄かと思ったが、ちがった。浅黒い肌の男性が、じっとニナを見おろしていた。

「円舞曲はもうはじまっているぞ。母親とはぐれてしまったか。マルモア国の会場は他国に比べて小型だが、まあこの人混みでは仕方ないな」

男性は大広間の方を一瞥《いちべつ》する。

日焼けした浅黒い肌に、前髪を立たせたふうな黒い短髪。顔立ちは精悍《せいかん》で、琥珀《こはく》色の瞳は目をそらせない力がある。

背は兄ロルフと同じくらいだが、引き締まった体格は猛々《たけだけ》しい印象だ。剣と獅子が銀色に染め抜かれたサーコートは漆黒《しっこく》。野を駆ける獣めいた野性味がある。

ニナはなんとなく身を引いた。

──怖い……と言いますか、すごく強そうな方です。顔は似ていないのに、やっぱり兄さまに近い感じがします。軍衣だし、どこかの国の出場騎士の方でしょうか。

肌がざわりと粟立《あわだ》った感覚がする。まるで競技場で、相手の大剣の射程に入ったときと同じだ。

騎士らしい男性は、ニナが遠ざかったぶん身体をよせた。

無遠慮《ぶえんりょ》にのぞきこむ。なにかに気づいた様子で、漢《おとこ》らしい眉をひそめた。

「うん？　どこかで会ったか？」

「え、いえ、あの」

「いや。たしかに覚えがあるぞ。なんだこの感覚は。気になるな」

考えこむ男性に背後から声がかかる。

「やめてくださいよ。姿が消えたと思ったら、こんなところで。外聞もあるのに、みっともないじゃないですか」

ニナは少しおどろいた。

声がするまで接近に気づかなかった。男性の背後には同じ漆黒の軍衣の、細い目の痩《や》せた青年が立っている。

「呆《あき》れましたね。あなた、マルモア国にまで隠し子がいたんですか。花を手折《たお》るのはかまいませんが、私的な面倒ごとは騎士団の管轄外《かんかつがい》ですよ。花同士が花びらをむしりあっても、関知しませんからね」

ニナをちらりと見おろし、細い目の青年は突き放すように言う。

浅黒い肌の男性は嫌な顔をした。

「あやしい誤解をするな。麗《うるわ》しい花々で夢を楽しんだのは事実だが、あくまで夢だ。種まで蒔《ま》いた記憶はない」

「ではいつのまにか守備範囲を広げていたということですか。火遊びをわきまえた人妻ならともかく、無垢《むく》でいたいけな幼女にまで声をかけるなんて、それこそ呆れますよ」

「……おまえのなかのおれはよほどの不心得者だな。母親とはぐれた迷子の子兎《こうさぎ》だ。放置する方が、それこそ騎士の道に反するだろうに」

細目の青年を睨《にら》みつける。ニナに向きなおると、口の端をあげて苦笑した。

「すまないな。おまえみたいな子供に聞かせるには耳の毒だ。口の悪い副団長が、無粋《ぶすい》な真似《まね》をした」

「い、いえ。わたしは別に。でもあの、副団長さんって……」

「ああ、名乗りがまだだな。これは失礼した。おれはキントハイト国騎士団の団長で、イザークという。こっちの細い目の男は、副団長のユミルだ」

「キントハイト国の……団長……」

ニナは声をうわずらせる。

息をのみ、青海色の目をみひらいて、男性を見あげる。

――待ってください。キントハイト国の団長って、じゃ、じゃあこの方が？　兄さまをおさえて破石王になった、西方地域一の騎士の……。

あまりのことに反応が追いつかない。ツヴェルフ村でも団舎でも高名は耳にしていた。騎士として普通に憧憬《しょうけい》をいだき、いつかは競技場でその勇姿を見たいと思ってもいた。けれどまさかこんな形で、言葉を交わすことになるとは。

放心したニナを、イザークはまじまじと眺める。やはり見た気がするな、と、首をひねった。

ふと思いついた顔で、ニナの腰に手をのばした。なにをするのかと問う間もない。ニナはひょいと持ちあげられ、曲げた片腕に座る形で抱えられる。

「あ、あああ、あの⁉」

「副団長が悪趣味な冗談を言った詫《わ》びだ。おまえの母親を探してやろう。……しかし軽いな。手足も細すぎる。五年、十年は先の話だろうが、女はもっと肉がついた方がいいぞ？」

「ち、ちがうんです。母親とか、そもそもわたしは――」

迷子じゃありません、と言いかけたニナの身体がぐらりと揺れる。のけぞるように体勢を崩し、ニナはあわててイザークの肩をつかんだ。みっしりとした筋肉の感触に、つかのま意識を奪われる。我にかえると、視界の高さに身がすくんだ。

天井が迫るくらい近く、普段は目にしない人々の頭頂部が見える。お尻を支える腕は甲《かっ》冑《ちゅう》を思わせるほどに固いが、足先は頼りなく宙に浮いている。

ニナは肩をつかむ指先に力をこめた。小さな子供が慣れぬ高さに怖気《おじけ》づいたと思ったのか、イザークは安心させるように苦笑する。

「心配はいらん。おれに子はいないが、キントハイト国の王太子殿下が御幼少のころ、こうしてお抱き申し上げたこともある。落ちぬよう、しっかりつかまっていてくれ。そこからなら大広間の群衆のなかでも、見つけ出すことができよう」

イザークはニナを抱えたまま歩きだす。

副団長ユミルは頭をかいた。わたしは知りませんよ、という顔で、あとにつづいた。

——なんでですか、どうして、こ、こんなことに。

はこばれるニナは涙目だ。

年下に見られるのも迷子にまちがわれるのも初めてではない。むしろ慣れてさえいる。けれど初対面の相手に。しかも破石王である他国の騎士団長に。想定外の事態に頭のなかがぐるぐるとまわる。両足をおさえる形で抱えられて、逃げることもできない。

なぜ自分は相手に流されてしまうのか。断っても否定しても聞いてもらえない。もたもたした受け答えや、子供じみた体格に問題があるのか――

救いを求めて投げられた視線が、列席者に囲まれているベアトリスを見つけた。けれど〈金の百合《ゴルト・リーリエ》〉の令名は他国にまで鳴りひびいているのだろう。人混みに埋もれた麗《うるわ》しい姿は虚《むな》しいまでに遠い。

あの、あの、とか細い声をあげたニナの耳に、まあ妹君がご結婚を、そちらには待望のお孫さまが――ベアトリスの明るい声がただ聞こえた。


ニナを軽々と抱えたイザークは、そのまま廊下《ろうか》の奥へと向かう。

開かれた扉から大広間に入った。眩《まばゆ》いような吊下灯《つりさげとう》の光があたりを満たし、ニナは思わず目を細める。ようやく視界が慣れたころには、すでにざわめきが起こっている。

酒杯の盆を持った小姓《こしょう》も談笑している貴族諸侯も、難しい顔をよせている異国の騎士たちも。おどろきと好奇の目が自分に集まっていることに気づき、ニナは真っ赤になってうつむいた。考えたら見られても当然だ。西方地域に勇名をはせる破石王が少女を抱えて歩いていれば、注目を浴びないわけがない。

無遠慮な視線も憶測のひそひそ話も。イザークは平然と受け流し、大広間の中央へと進んでいく。ニナは気が遠くなってきた。いたたまれない状況をつくっているのはこの体勢なのに、あまりの羞恥《しゅうち》で肩に顔を埋めたい衝動にかられた。

どうしよう、このままでは、とおよいだ瞳が、列席者の向こうにその姿を見つけた。大広間の壁に掲示された対戦表の近く。数名の女性たちに囲まれている金髪の——あれは。

「リヒトさん……？」

ニナは頼りなくつぶやいた。

小さなささやきを耳にしたイザークは、見つかったのか、と足を止める。どこか呆然《ぼうぜん》とした様子のニナの視線の先に、目をやった。

無数の吊下灯が照らし出す大広間。右手の奥にはマルモア国旗が堂々と飾られ、左手の壁際には料理のテーブルや長椅子《ながいす》が並ぶ。四女神《デア・ファアトス》の彫られた円柱のそばでは小姓たちが菓子と飲み物の盆を手にし、そろいのお仕着せ姿の音楽隊が楽器を奏でている。

装飾タイルが模様を描く床を埋めるのは、礼服や軍衣をまとった列席者たち。華やかな喧噪《けんそう》の後ろに見えるのは、夜闇に染められた天井まである硝子窓《ガラスまど》だ。その先の半円形に突き出したバルコニーからは、噴水のある中庭と、中庭を囲むようにそびえる宿舎の塔が見わたせる。

「あれはマルモア国騎士団の女傑《じょけつ》たちか。いつもながら、競技場の外では煩《うるさ》いほど目に賑《にぎ》やかだな。しかしおまえは母親ではなく、姉君を探していたのか？」

ぼんやりとしたニナは答えない。

イザークは首をかしげたが、小さな身体《からだ》を抱えなおすと、対戦表の方に向かった。

次第にはっきりするリヒトの姿に、ニナの顔に当惑が浮かんでくる。

――たしかにリヒトさん……ですが。

リヒトは国家騎士団のサーコートに幅広の帯を斜めにかけ、白いケープをはおっていた。ケープを飾るのは金の留具にタッセルが揺れる鎖。えんじ色の帯は輪の部分が左腰、端はケープの合わせ目から出て右肩で結ばれている。それだけで見慣れたはずの紺《こん》色のサーコートが、まるで異国の衣装めいて見える。

また、なによりニナが面食らうのは、リヒトの雰囲気《ふんいき》だ。長毛種の猫を思わせる金髪も甘く端整な顔立ちも、朝に食堂で会ったときともちろん同じだ。けれど群がる女性たちに応える表情は、妙に大人びて落ちついている。ゆるりと細められた新緑色の目も、無意識にもれたふうな苦笑も。ニナの胸がきゅっとなるほど、初めて見るものだった。

――なんだか、知らない人みたいです。

漠然《ばくぜん》と感じたニナが眉《まゆ》をよせたとき、リヒトが不意にこちらを向いた。

「あ――……」

思わず声をあげたのはどちらだったか。

周囲の喧噪が急に遠くなる。

互いに硬直すること数秒。リヒトの口がなんで、という形に動いた。その表情には驚愕《きょうがく》と混乱。見まちがいではないことをたしかめるように、痛いほどの視線で射ぬかれ、ニナの喉《のど》が自然と鳴った。

そんなリヒトに気づいた周囲の女性たちが同じく振りむいた。きゃあっとあがる歓声。ドレスの裾《すそ》をからげ、お菓子のように盛った髪をなびかせて駆けてくる。

「なにこの小さい子！」

「子供がいたなら教えてよ。王城にも騎士団にも、マルモアじゃあけっこう、イザーク団長に憧れてる娘がいるのに！」

「まえに親善競技したときは、独身だって言ってたわよね！」

深紅に濃紫《こむらさき》に鮮やかな桃色。花壇《かだん》で華やかさを競う薔薇《ばら》のように、煌《きら》びやかなドレスを堂々とまとう女性たちは、近くで見るとベアトリスよりも大柄だ。背は高く肩幅はしっかりしていて、声にも目にも力がある。

かっわいい、見てよこの手、ほっそいわねえ——女性たちは無遠慮に白い腕をのばしてくる。避けるまもなく問答無用だ。頬《ほお》をつかれ指を触られ手首をつかまれ。勢いに圧倒され愛玩《あいがん》人形よろしく扱われるニナの姿に、リヒトはため息をついた。

額の前髪を苛々《いらいら》とかきあげる。

「……なにこれ。どこの悪戯妖精の仕業《しわざ》だよ。マジで最悪なんだけど」

——最悪。

厳しい言葉にニナの胸がぎゅっと痛んだ。

女性たちにべたべた触られながら、顔をゆがめて下をむく。耳の奥がきーんとなり、全身の血が集まったみたいに頭が熱い。けれど心は、冷たく縮こまっている。

——リヒトさん、怒って……？

国家騎士団員ではあるが村娘でしかない出自で、王侯貴族が集まる宴席に出たのが分不相応だったのか。それともベアトリスに着付けられたドレスが、ため息をつくほど似合わなかったのか。あるいは華やかな女性たちと歓談していたのに、邪魔をするようにあらわれたのが不本意だったのか。それとも——

イザークは腕に抱えたニナがすくみ上がっていることに気づいた。うんざりと肩を落としているリヒトを眺め、ふむ、と考えこむ。

ややあって、ニナをそっとおろした。

「……すまない。母親とはぐれた子兎かと思ったが、どうやら無粋なかんちがいだったらしい。ともかくは連れが見つかって、なによりだ」

苦笑を浮かべ、ニナの頭をぽんとたたく。

女性たちは顔を見あわせた。リヒトに妹なんていたっけ、まさかの子供、ありえるわね、いかにも遊んでそうだし――意味ありげな会話を、面白くなさそうな声がさえぎる。

「もうそのへんにしてくれない？　迷子でも妹でも子供でもないよ。彼女はおれの恋人だからさ」

女性たちはきょとんと目をまたたいた。

自分の胸ほどの位置にあるニナを見おろし、ぷっと噴きだす。真剣な顔をしてやめてよ、こんな子供が恋人なんて。腹を抱えて笑い、ひらひらと手をふる。ニナの肩に腕をまわし、ねえ、と同意を求める。

――にしてもこんなのが、あのロルフの妹だなんてね。

ニナの脳裏《のうり》にふと、カミラの声がよぎった。

小柄で貧弱な出来そこない。ツヴェルフ村で蔑《さげす》まれていた過去が浮かぶ。カミラの嘲《ちょう》笑《しょう》と女性たちの笑い声がかさなって聞こえた。

　騎士として役立たずだと言われていた自分と、恋人としてありえないと笑われる自分。

リヒトが最悪だと言った理由はこれだろうか。慣れ親しんだ卑屈《ひくつ》な劣等感が、胸の奥に重苦しく広がる。

　否定することも言い返すこともできない。下を向いたままのニナの視界に、つかつかと近づいてきた靴先《くつさき》が入った。

　ドレスをにぎっていた手をつかまれる。ぐいと引かれ、見あげたニナの頬を、リヒトの白いケープがふわりとなでた。

「マルモア国騎士団の麗《うるわ》しい女騎士が、耳が遠いなんて知らなかったな。何度も言わせないでよ。冗談なんかじゃなくて、この子はおれの恋人。でもってリーリエ国騎士団員で、ガルム国の猛禽《もうきん》を倒した、いわゆる〈少年騎士〉。ちなみに本物の兄貴は、うちの〈隻眼の狼《アイン・ヴォルフ》〉だから」

　リヒトはじろりと周囲を見まわした。

　呆気《あっけ》にとられるイザークや女性たちに背を向け、ニナを引きずるように歩き去った。

「……まいった。まさかニナがこんな形で、大広間に来るなんて」

リヒトは石造りの手すりに突っ伏した。

後ろに立つニナはバルコニーにつれてこられたときから、肩を小さくしたままだ。顔をあげることもできず、問われるままに前夜祭に参加するにいたった経緯を説明した。リヒトが頭を抱えるたび、すみませんごめんなさいと、謝罪の言葉を口にした。そしてやはり酷《ひど》く疲れたリヒトの姿に、ふるえる声でふたたび告げる。

「す、すみません。本当に」

「ニナがそういうの気にしてないって、わかってるけどさ。途中で放り出したベアトリスの責任も、もちろんあるけどさ。だけどもう少しなんていうの？　自分のことを客観的に考えてほしいっていうかさ」

リヒトは手すりに頰杖《ほおづえ》をつく。夜空を見あげると、何度目になるかわからないため息をついた。

大広間の音曲が遠く聞こえるバルコニー。硝子窓一枚を隔《へだ》てただけなのに、しっとりした夜気に満たされた周囲は別世界だ。

晴れた夜空には満月。眼下に広がる中庭は煌々《こうこう》とした月光に照らされ、大きな真珠《しんじゅ》のように輝くのは中央の噴水。周囲を囲む宿舎の塔はところどころ灯がついていて、夜闇にぼうっと浮かぶ影は大きな蠟燭《ろうそく》を思わせる。

冷たい風は秋ではなく、すでに冬のそれに近い。虫の声も聞こえず、夜露に濡れた秋薔薇が、今年最後の花香《かこう》を甘くただよわせている。

しんとした夜風にドレスをなぶらせ、ニナは深い後悔を感じていた。

──きっと、ばちがあたったんです。

国家騎士団として西方地域杯に出場するために来たのに、個人的な理由で街に出て揉《も》め事に巻きこまれた。目的のものは結局手に入らず、宿舎に戻ればあれよあれよと着替えさせられ、場違いな前夜祭へとつれていかれた。高名な破石王に迷子だと誤解されて抱えあげられ、華やかな女性たちに笑われた。せっかくの前夜祭を楽しんでいたリヒトに嫌な思いをさせ、そして現在も、こうしてため息をつかせている。

ニナはじくじくと痛む胸をおさえた。

寒気を感じてくしゃみをもらすと、リヒトが振りかえる。すぐさま式典用帯をずらし、ケープを引きぬいてはずした。ニナを手招きして呼びよせると、マルモア国は寒いねと、その肩にかけてくれる。

金の鎖を結びながら、リヒトは口を開いた。

「……あのね、ニナ」

ニナはにわかに緊張する。なにを告げられるのかと身がまえると、リヒトはどこか言いづらそうに切りだした。

「いままでそれに便乗していた張本人《ちょうほんにん》が言うことじゃないって、もちろん自覚してるよ。おれだって初めて会ったとき、ニナのこと迷子だってまちがえたし。だけどやっぱり不味《まず》いでしょ。よりによって、そんな格好でさ」

「はい」

「ベアトリスのお古だけあって鎖骨《さこつ》まで丸見えだし、あんなふうに抱きあげたら足首だって見えるじゃん。破石王だかなんだか知らないけど、なにが迷子の子兎だよ。〈黒い狩人〉なら猟師らしく、むさい男だけ捕まえてればいいじゃん。うちの狼はなにしてるんだよ。よけいな邪魔はするくせに肝心《かんじん》なときはいないなんて。どうせ訓練場で打ち込みでもしてるんだろうけどさ」

「……はい」

「ていうかあの会場、何人の男がいたんだろ。半分で計算してもかなりの数だよね。四百人？　五百人？　本当にマジで最悪。ああ、女だからいいわけじゃないよ？　マルモア国騎士団の女騎士たち、顔見知りだし初戦の相手だから挨拶《あいさつ》したけどさ、べたべた触りまくってなんなの。あれは完全に〈おさわり〉だからね。図々《ずうずう》しいところとか、トフェルとまったく同じだし」

「あのう……」

一気にまくしたてたリヒトに、ニナはゆっくりと目をまたたく。

――なんだかおかしいです。

怒っているというよりは、すねているような。

そんなリヒトを上目づかいで見あげる。おそるおそる問いかけた。

「あの、リヒトさん。わたしのことが恥ずかしくて怒ってるんじゃ、ないん……ですか？」

「はあ？　ニナが恥ずかしいって……」

「ですから、その、不釣り合いな席に出てしまって、王女殿下のドレスも似合わないし、また迷子の子供だとかんちがいされました。そんなわたしが恋人とか、実際に笑われてしまったし、やっぱり恥ずかしいんじゃないかな、とか」

リヒトはぽかんとする。

なにそれ、と大きな声をあげた。

よほど思いがけない内容だったのだろう。ぶるぶると激しく首をふり、ニナの両肩に手をかける。

「ぜんぜんちがうって！　いやだなもうなに言っちゃってるの。おれが最悪だって思ったのは、ニナがそんな可愛《かわい》い格好でほかの男に抱かれて、しかも目一杯じろじろ見られて注目集めまくって、登場したからでしょ！」

「え、えっと」

「ベアトリスがよかれと思って非日常を計画した理由に心当たりはあるよ。あるけどさ、おれとしてはニナの特別な姿は、できればおれと二人のとき限定っていうかさ。……だって心配じゃない。ニナはそういう感覚が純粋すぎるし、変な男に目をつけられたらどうしようとか。ていうか目をつけるのはおれが最初で最後で完結でよくない？　みたいなさ」

はじめは声を大きくし、次にはぼそぼそと。結局はばつが悪そうに。

肩を強くつかまれたまま、ニナはすぐそばのリヒトの顔を見つめる。

その言葉をたしかめるように反芻《はんすう》した。ぜんぜんちがう、可愛い格好、だって心配――心のなかでくり返していると、目頭《めがしら》が次第に熱くなった。

「ちょ、え、ニナ⁉」

リヒトがあわてた声をあげる。ニナは自分の目から涙がこぼれていたことに気づいた。

どうしよう、おれ強く言いすぎた、ほんとごめん、さっきつかんだ手が痛いとか、それともここが寒すぎる――

動揺《どうよう》するリヒトに、ニナは首をふる。ごしごしと目元をぬぐって、口を開いた。

「すみません、なんだか安心して」

「安心したって」

「あの、わたしはすごく小さいから、騎士として役立たずだって言われてました。リヒトさんに声をかけられるまで、生まれたときからずっと。自分でも嫌だって、もっと大きくなりたいって、いつも思ってて」

それは普通のことだった。小柄な体格では戦闘競技会で戦うことができないと馬鹿にされる。兄の妹としてふさわしくない、アルサウの子孫たるツヴェルフ村の民として情けないと笑われる。非力なことや長く走れないことが惨《みじ》めだった。

だけど今日は。

「なんか、騎士としてじゃなくても恥ずかしいって、初めて思ったんです。リヒトさんのそばにいるのに、小さすぎるわたしは、やっぱり変なのかなって」

「ニナ……」

「大広間で見たリヒトさん、普段より大人みたいでした。なのにわたしは、また迷子にまちがえられて。恋人だと説明しても冗談だと流されるくらい、釣り合いがとれてないいんだって。リヒトさんも、こんなわたしは肩身が狭いかもしれないって。だからちがうって言ってもらえて、本当に安心――」

リヒトがいきなり抱きしめてきた。

ぎゅうっと思い切り抱えこまれ、ニナの頭にリヒトの顎《あご》が押しあてられる。ニナの耳にリヒトの心臓の音が聞こえた。甲冑《かっちゅう》や鎖帷子《くさりかたびら》ごしではわからない、その身の熱情をあらわす鼓動はおどろくほど速い。

ニナの心臓もつられるように早鐘を打った。拘束《こうそく》をほんの少しだけゆるめ、リヒトが切なげに告げる。

「安心したのは、おれの方」

「リヒトさん……」

「おれね、ニナと恋人になれて、とても嬉しかった。ニナをつれて団舎に戻って、これから毎日いっしょなんだって。朝から夜まで。食堂でも訓練場でも森の散策だって隣にいられて、楽しくって幸せで。でもちょっとだけ、緊張もしてたんだ」

「緊張、ですか?」

思いだせる姿のほとんどは、陽気な笑顔と朗《ほが》らかな声だけだ。意外に思ってたずねると、リヒトは小さく苦笑する。

「いろいろ距離感が難しいっていうか、ニナはおれのこと、どういうふうに見てるのかなって。恋人なのか、仲のいい騎士団員なのか。先に進みたい気もするけど、でも怖いような感じもあって。だから悩んだり、ロルフが羨《うらや》ましいときもあったんだけど」

「兄さまが羨ましいって」

「それはまあいいや。本音を言えば複雑だけど、とりあえずは、うん。そうやってニナがおれのことをちゃんと、恋人として考えてくれてるならさ。それがわかったから、焦らなくても、少しずつでも平気かなってね」

しみじみと、自分に言い聞かせるように。

リヒトはふと気づいた顔で、ニナの頭に手をのばした。強く抱きしめたせいで、ゆるくまとめた髪は、少し崩れてしまっていた。

リヒトは結び目の花飾りを抜く。

肩までの黒髪が、音もなく夜にとけた。

艶《つや》やかな黒をリヒトの手がなでる。愛《いと》おしそうに何度も。耳の下からすくうように指を入れられ、ニナの心に甘い痺《しび》れがはしる。力を加えられて上を向くと、額にそっと唇が落とされた。

ニナの頬《ほお》が赤く染まる。

ゆっくりと顔を離し、リヒトは笑った。

「安心したらお腹すいたかも。おれ実は、こういう取りすました場所は苦手なんだ。ニナの可愛い姿をこれ以上、誰かに見られるのも嫌だしさ。こっそり持ってくるから、いっしょに食べよう?」


足を止めた副団長ユミルは眉《まゆ》をひそめた。

大広間の奥まった硝子窓《ガラスまど》の近く。探していた団長イザークは酒杯を手に、意味ありげな笑いを浮かべている。

「なんですか? ひとりでにやにやと。かなり気持ち悪いですよ」

「いやあ、ずいぶんと可愛らしい酒の肴《さかな》だと思ってな」

イザークは片眉をあげた。おまえも見ろ、というふうに硝子窓の外を酒杯で示す。

ユミルが視線をやると、バルコニーに人影があった。

三日月のように張り出した手すりの前に、金髪の青年と杏《あんず》色のドレス姿の少女が座っている。周りに並べられたのは菓子をのせた皿と木杯。大広間の喧噪《けんそう》から離れ、月下のバルコニーでふたりきり。ささやかな夜の茶会の真っ最中といったところか。

秋も深まった十一月の夜。マルモア国の東に位置する中央火山帯からは、ときおり冬の匂《にお》いのする空風が吹く。少女を冷やさないためか、自分のケープで包んでいるあたりが、妙にこそばゆい。

「……まあたしかに、甘ったるい肴ですね」

「まったくだ。しかし〈赤い猛禽《ブルート・フォゲル》〉を倒したのがあんな娘とはな。雄偉《ゆうい》な巨体と尋常《じんじよう》ならざる強力を頼みに、競技場を血に染めたガルム国の異形《いぎよう》の騎士。あの小さな手に射ぬかれたと思うと、なんとも皮肉な話ではないか」

イザークがガルム国の赤い猛禽ことガウェイン王子と対戦した機会はそう多くない。ガウェインの蛮勇《ばんゆう》をかさに裁定競技会を自国の利益のために悪用していたガルム国とて、西方地域に冠たる破石王イザークを擁《よう》するキントハイト国には不必要に手をだささなかった。

両国は国境を接する隣国として中立的な関係を築いている。もっとも親善競技でキントハイト国騎士団に重軽傷者が出てからは、騎士団としての交流は絶えて久しい。

「ガルム国は翼をもがれたガウェイン王子の扱いに苦慮《くりよ》しているとの噂《うわさ》です。競技会出場停止処分を不服と暴れ、女官や小姓に死傷者も出ているとか。頑丈な塔なり地下の牢獄《ろうごく》なり、幽閉されるのも時間の問題のようだと」

「自国のためにさんざん利用しつくし、使えぬとなれば切り捨てる。そう考えれば奴も哀れだな。それにしてもなにが〈少年騎士〉だ。情報収集は副団長たるおまえの役目だろうに、その細い目は飾りか。どういう奴だと想像する以前に、肝心《かんじん》の前提がまちがっている」

イザークの指摘に、ユミルは気分を害したふうに眉をよせた。

「お言葉ですが、リーリエ国騎士団の情報管理はしっかりしています。一部の例外をのぞき、明らかになるのは登録名と破石数《はせきすう》のみ。国の軍事力である国家騎士団を守る手段はさまざまですが、守秘義務を遵守《じゅんしゅ》し機密性を高めることでそれをはかっている。我がキントハイト国のように、国家騎士団員ともなれば平民でも家族の安全と生活が保障される国とは、保護の方向性がちがいます」

「言いわけだな。おかげでおれはロルフをからかう格好の材料を、みすみす逃していたことになる。煮ても焼いても食えぬ仏頂面《ぶっちょうづら》で、子兎《こうさぎ》のような妹にどう接しているのか。それこそ想像するだけで酒の肴だ」

イザークは酒杯をあおる。円柱のそばに立つ小姓に片手をあげ、新しい葡萄酒《ぶどうしゅ》を受けとった。

おまえもどうだ、と言われ、ユミルは首をふる。大事な競技会まえに深酒することも、いかにも冗談の通じぬ他国の騎士を冷やかすことも、賢明とは思えない。

「今回の西方地域杯はただでさえ問題の芽があるのに、これ以上の面倒ごとはごめんですよ。それにあなた〈隻眼の狼〉には、競技場以外では堂々と無視されているんじゃないんですか?」

「奴にはまったく遊び心が足りん。順当ならば二回戦であたるか。今回もおれの命石《めいせき》だけしか見ないなら、結果はやらずとも同じだろう」

イザークはふんと鼻で笑う。

バルコニーの二人をちらりと見た。酒の肴になっていることなど気づかず、焼き菓子を頬張り果実水を楽しむ。月光が生みだす少女の影は、肩を並べた青年の半分ほどしかない。

「……見覚えがあるわけだな。外見こそ子兎と狼ほどにちがうが、青海色《あおうみいろ》の目が同じだ。騎士としての本質も同じなら、楽しみが増えることになる。打つ手のすべてを粉砕《ふんさい》し、気高い獣を競技場に引き倒すのは、なんとも心躍るだろうが――」

そこまで言って、イザークがふと眉をあげた。

覚えのある律動的な足音。列席者をすり抜けるように近づいてきた女騎士は、数歩離れた場所で足を止める。

薄金色の短髪に中性的な顔立ち。女性にしては背が高い痩身《そうしん》に、イザークやユミルと同じ漆黒《しっこく》のサーコートをまとう。

剣と獅子の団章は一見すると同じだが、女騎士の軍衣にのみ獅子の頭に王冠が描かれていない。キントハイト国の民はそのちがいが意味するところを、よく知っている。

女騎士は右拳を左肩にあてて立礼した。

「ご歓談中のところ申しわけありません。クロッツ国騎士団長の模範剣技がはじまります。他国の騎士団長、ならびに副団長の皆さま、そろそろお集まりのようです」

落ちついた声で告げた女騎士の表情が、不意に変わった。

その瞳は目の前のイザークを通りすぎ、背後の硝子窓に――バルコニーにいるニナにそそがれている。

気づいたイザークが肩ごしに振りむいた。ふたたび視線をうつした女騎士の表情は、明らかにこわばっている。

「リーリエ国の騎士がどうかしたか、フォルビナ?」

「リーリエ国の……騎士……」

「金髪の男は、たしか去年の西方地域杯にも出ていたな。黒髪の娘は今日初めて見たが、ガルム国との裁定競技会にでた、いわゆる〈少年騎士〉らしい」

血の気を失った唇が、少年騎士、とつぶやいた。放心した様子でバルコニーを眺める。

イザークは薄く笑った。

「まあおれも、耳にしたときは呆気《あっけ》にとられたがな。しかし期待以上の反応だ。蒼白になるほどおどろかれては、リーリエ国の守秘義務も面目が立とう」

フォルビナは我にかえったような顔をする。

硝子窓から視線をそむけると、うつむいて答えた。

「……あの〈赤い猛禽〉を倒した少年騎士が少女だとは、あまりに予想外だったので」

「そうか。ガウェインにはおまえも深手をおわされていたな。負傷者の数と程度を思えば、あのガルム国との親善競技は事件と表現してもいい。猛禽《もうきん》の手慰《てなぐさ》みに、出場した団員の半分が騎士の命を断たれた。多くが二十歳《はたち》にもならぬ若者で、いずれは〈獅子の王冠〉を得たかも知れぬ有望なものもいたが。……ときにエベロは息災《そくさい》か？」

イザークは話の流れのままに問う。

空《から》の酒杯をもてあそぶ姿には、とくになんの表情も浮かんでいない。

フォルビナは一呼吸おいてから答えた。

「……なぜ、わたしに？」

「おまえと奴は親しくしていたと記憶している。エベロはあの親善競技で左膝から下を失い、義足となった。退団したあとは、国家連合の審判部に入ったと伝え聞いたが」

「エベロとは退団後会っていません。同国人とはいえ審判部に所属するものと接触することは、キントハイト国騎士団員として不適切かと」

「なるほど。さすがは実力で交代騎士の座を勝ちとっただけのことはある。我が騎士団に必要なのはあらゆる意味での強さだ。その答えならば、〈獅子の王冠〉も遠くはないだろう」

イザークは満足そうに口の端をあげる。なあ、と同意を求められ、ユミルは静かにうなずいた。

フォルビナは立礼すると、その場を去る。

靴音《くつおと》高く遠ざかる背中は、心根を表すようにぴんと伸びている。頑《かたく》なで人をよせつけない。酒と音曲に興じる列席者のなかでは異質な、その姿が完全に消えるのを確認し、イザークは低い声で問う。

「……どう思う?」

「女性は秘密と嘘が多いですからね。気にはなりますが、いまの時点ではやはり〈保留〉かと。それより模範剣技はどうされるんです」

イザークは興味がなさそうに答える。

「クロッツ国騎士団長の腕なら知っている。派手なだけで中身のない踊りを見る趣味はない。しかしなんとも引きがいいな。クロッツ国が抽選の最終番を当て、模範剣技の誉《ほま》れを手にするのは何回目だ?」

「対戦相手も相変わらず恵まれていますね。前評判での優勝候補はキントハイト国とリーリエ国。そのどちらとも決勝まであたらない。ちなみにガウェインが参加した年は、ガルム国を上手《うま》い具合に避けていました」

「国家連合に出向しているクロッツ国の理事は、審判部長の任についている。戦闘競技会を運営する〈見える神〉の手足を、それこそ己の手足同然に使えるのだ。下手《へた》な小細工をする間があれば〈どこぞの隻眼〉よろしく、打ち込みをする方がましだろうに」

嘲《あざけ》るようにふんと鼻を鳴らす。

近くの小姓《こしょう》に片手をあげるイザークに、ユミルは眉をよせた。さすがに飲み過ぎだと注意したが、イザークはさっさと新しい酒杯をかたむけている。

ユミルはやれやれという顔でつづけた。

「西方地域の歴史において、クロッツ国はもっとも数多くの破石王を出してきました。しかしここ数年は〈どこぞの狩人〉のせいで優勝から遠ざかっている。そのあたりも不満なのでしょうね。あとは議長選ですか。破石王を擁する騎士団が手駒《てごま》となれば、国家連合の代表たる議長を目指すのに、格好の宣伝材料です」

「破石王がそんなにたいそうなものとは思えんがな。いくら命石を奪ったとて、おれたちは〈最後の皇帝〉に翼をもがれ、〈見える神〉の手のひらで踊る道化《どうけ》だ」

イザークは酒杯を見おろした。

葡萄酒の赤は兜《かぶと》を飾る命石を思わせる。

古代帝国の開祖に鎮められた炎竜の涙と伝えられる鉱石。騎士の命である鉱石が産出される中央火山帯の地中には、すべてを焦土と化す溶岩が燻《くすぶ》っている。戦闘競技会制度の矛《む》盾《じゅん》に翻弄《ほんろう》される人々の、静かで激しい怒りのように。

イザークは涼しい顔でうそぶいた。

「まあ破石王の座が欲しいならくれてやってもいい。キントハイト国を守るためなら、名誉などいらん。それでバルトラム国の――〈竜〉の尾がつかめるとすれば、安いものだ」

3

早朝の空気に冷たい空風が吹く。ミラベルタ城の居館に掲《かか》げられた国家連合旗が、重くひるがえる。

城で最上の位置を許された四女神の旗の下方には、宿舎の屋根を彩る参加各国の国旗がはためいている。基調とする色は緋色《ひいろ》に紺《こん》、漆黒《しっこく》に白、山吹《やまぶき》色に朱色、緑に紫。現在の西方地域には九つの国があるが、もっとも西のシレジア国は参加を辞退したので、その数は八本。

国家連合設立時には十五カ国あった西方地域の国々も、制裁としての軍事行動を受けて数を減らした。禁忌《きんき》である隣国への軍事侵攻に裁定競技会結果への受諾《じゅだく》拒否。〈見える神〉の逆鱗《げきりん》に触れた国々は、正義の鉄槌《てっつい》に滅んだ。その地は他国に併呑《へいどん》され、各国の一地方として、失われた国の名を虚《むな》しく残している。

——審判部の声が遠くで聞こえる。

ニナは渇《かわ》いた喉《のど》をごくりと鳴らした。甲冑《かっちゅう》の草ずりが触れる膝は不安にくっつき、先ほどから目眩《めまい》もする。地方競技会でも公式競技会でも、極度の緊張状態で競技場に立ったのは経験がある。それでもいまの状況は、初めて遭遇《そうぐう》するものだった。

——戦闘競技会と切っても切れないのは、人混みだけじゃなくて注目もでしょうか。昨日の前夜祭にしても、実際の競技ならともかく、こんなふうに見られることになるなんて。

ミラベルタ城の前庭。観客席をかねた城壁に囲まれた大競技場に、八カ国の騎士たちが参加国ごとに整列する。

交代騎士をふくめたその数はおよそ百五十名。軍衣と同じ意匠《いしょう》の団旗を掲げ、団長を先頭に列をつくる。濃紺《のうこん》に白百合《しらゆり》とオリーブの葉のリーリエ国は右から四番目のほぼ中央。秋空そして隣の列に並ぶ騎士も、その先の列の騎士も、みなじろじろとニナを見ている。秋空をさえぎるほど高い位置から睥睨《へいげい》してくる、無数の目、目、目。

「ニナ、さっきからかなり固まってるみたいだけど——って真っ青だし。ねえ大丈夫？この開会式が終わり次第、マルモア国との第一競技になっちゃうけど。なんかごめんね。昨日の抽選で、おれが一番を引いちゃったからさ」

後ろからのぞきこんだリヒトが心配そうに言う。

労《いたわ》るように背中をなでられ、ニナは小刻みにうなずいた。肩ごしに振りあおぐ。平気です、いつもすみません、とぎごちなく微笑《ほほえ》むと、近くで言葉を交わす騎士たちが視界に入った。

あの小さいのだろ、本当に子供だな、たしかに弓を背に——無遠慮《ぶえんりょ》なささやきが聞こえてくる。びくっと身をはねさせ、ニナはあわてて正面に向きなおった。

欠伸《あくび》をするトフェルの背中に隠れる位置で、小さな身体《からだ》をできるだけちぢめる。拳をつくった手の内側には汗。壇上《だんじょう》から競技会規則を説明する審判部の声が、ますます曖昧《あいまい》になった気がした。

ミラベルタ城の前庭にある大競技場。西方地域杯の開会式は音楽隊のラッパの音と、観客席を埋める人々の歓声とともにはじまった。

大競技場のそばに設けられた低い平壇《ひらだん》。

団旗を先頭に整列した各国の騎士団を前に、まずは開催国であるマルモア国王の挨拶《あいさつ》が述べられた。次に十日間にわたる競技会日程の説明と、国家連合より派遣された理事と審判部の紹介。両者とも公平性を考慮して西方地域以外の出身者でそろえられ、五百名ほどの審判部は正審判を頭に、検品係や受付係など、さまざまな役割に分担されている。

つづいて国家連合憲章と禁止事項の確認に入ったが、そのころにはもう、参加騎士たちは無遠慮な視線をニナへと向けていた。

ガルム国の〈赤い猛禽〉の悪名は、西方地域杯でも忌《い》まわしい残虐《ざんぎゃく》行為とともに知られている。したがって赤い猛禽を倒したとされるリーリエ国の〈少年騎士〉の存在は、使用武器の特殊性をふくめて噂になっており、騎士たちが興味を持つのはむしろ当然と言えた。

また戦闘競技会用の正式装備で整列する騎士たちは、総じて筋骨たくましい体格のものが多い。そんななかでお腹ほどの背丈のニナは、まさしく巨人に包囲された人間の子供だ。少年騎士の噂を知らぬものであっても、二度見、三度見しても不思議はなかった。

壇上からの声は今年度より加わった変更事項の説明になっている。このあとに優勝杯の返還をおこなって開会式は終了。リーリエ国騎士団とマルモア国騎士団は東西の陣所に移動し、さっそく第一競技が開始される。

もう少しだからね、と背後のリヒトに耳打ちされ、ニナはふーっと深い息を吐いた。早くこの場から離れなければ、精神的に競技終了の銅鑼《どら》が鳴りそうだ。そんなことを考えていると、前に立つトフェルが唐突《とうとつ》に振りむいた。

「トフェルさん、な、なにか?」

小声でたずねると、トフェルはじっとニナを見おろす。

丸皿に似た目が嫌な感じに輝いた。普段のニナであればその輝きが意味するところを察して身がまえただろう。けれど他国の騎士の衆目《しゅうもく》に対応するので手一杯で、気づくだけの余裕がなかった。

トフェルの長い腕がニナへとのびる。きつくにぎられた小さな手を開かせた。ちょこんとのせられたのは、干《ひ》からびた一匹の蛙《かえる》だ。

「――っ！」

ニナは声にならない悲鳴をあげた。

へなへなと尻もちをつく。ついた瞬間にずるりとすべって、仰向《あおむ》けに転がった。甲冑の金属音が鳴り、周囲に軽くざわめきがはしった。急いで助けおこしたリヒトの腕に、ニナは力なくしがみつく。ここはいつから団舎になったのか。呆然《ぼうぜん》と見あげると、トフェルはおーっと感心した顔をしている。

「すげえ。尻もちからまさか転がるなんて予想外だぜ。小さいのはマジでゆがみねーな。いやおれむしろ感動したわ！」

競技場の後方に控える審判部が動きをみせた。倒れたニナの姿に、あるいは体調不良だと思ったのだろう。トフェルの姿に原因を察した副団長クリストフが額をおさえた。審判部に向かい、何事もないというふうにあわてて合図をする。

リヒトは腰が抜けた様子のニナを立たせた。背中とお尻を軽くはたくと、灰褐色《はいかっしょく》の土塊《つちくれ》がぽろぽろと落ちる。

勢いで飛び出した矢を矢筒《やづつ》に戻し、どこか痛めていないかを確認してほっと一息。リヒトは目を細めてトフェルを睨《にら》む。

「なにが感動だよ。性根までゆがみまくってる悪戯妖精がなに言っちゃってんの。ここがどこで、いまどういう状況かわかってる？　だいたい干物類は禁止だって、寝台に蛇を入れたとき厳重注意したよね？」

「状況ならわかってるに決まってんじゃん。小さいのはガチガチで競技会はこれから。玩具《おもちゃ》の緊張をほぐすのは持ち主の役目だろ？　昨日城のなかを探索したとき、ちょうどいい材料を拾っておいてよかったぜ」

「玩具認定も禁止！　所有物認定をしていいのはおれだけ！　あとぜんぜんよくないから。むしろ精神的に負担かけてるだけだから言っておくけど！」

リヒトは怒りを押し殺した小声で言う。

これ以上の注目を避けるための配慮だったが、さほど効果があるとは思えない。子供じみた悪戯《いたずら》でいままで以上に人目を集めている。

リーリエ国はなにを騒いでいる、との声にニナが視線をやると、列の前方で堂々たる風《ふう》貌《ぼう》の騎士が腕を組んでいた。濃紫《こむらさき》に天馬が描かれた軍衣姿の騎士は、前夜祭で模範剣技を披露したというクロッツ国の騎士団長だ。

――たしかに、緊張はほぐれましたが。

ニナはいたたまれずに下を向いた。ガルム国との裁定競技会では団員たちの普通さに、上手《うま》く力を抜くことができた。けれど普通がいいからと、西方地域杯の開会式と団舎の食堂を同列に扱われてはたまらない。

ニナが訴えるような涙目をトフェルに向けたとき、キントハイト国騎士団が平壇へと進みだした。

審判部の説明が終わり、開会式は昨年度優勝国の優勝杯返還へとうつっている。先頭を歩く団長イザークが持つのは、四女神の一人であるマーテルを形どった杯だ。マーテルは豊穣《ほうじょう》と誕生を司《つかさど》る女神として、西方地域における信仰《しんこう》の対象となっている。

漆黒の軍衣をまとう騎士たちは平壇の前に整列する。

鮮やかな色を競う各国のサーコートに対し、影を思わせる存在感を放つ騎士たちを怖々と眺めたニナは、え、と小さな声をあげた。

――あれは。

列をなす騎士たちのあいだから見えたキントハイト国の騎士。距離は五十歩ほど。兜《かぶと》と甲冑でほとんどが隠されているが、ニナの目には兜からのぞく薄金色の髪も、ほっそりとした鼻筋も確認できた。

──あれは、昨日街であった女騎士の方です。〈とある国の〉とは、キントハイト国のことだったんですね。

昨年度優勝国であるキントハイト国騎士団に所属しているということは、騎士としてかなりの腕前だと想像できる。しかもざっと見るかぎり、平壇の前に並ぶ騎士団のなかに女騎士は彼女ひとりだ。

ニナは素直な尊敬をいだく。そして同時に、これで渡された金貨袋を返せると安堵《あんど》した。あのときは素性《すじょう》を明かせなかったが、他国とはいえ同じ国家騎士団なら、所属と名前程度は話しても大丈夫だろうか。

そんなことを考え、もう少しよく見たいと列から顔を出した。

ニナの姿に気づいたらしい、女騎士の兜の飾り尾が揺れる。その目が、じっとニナに向けられて──

──え？

ニナはぎくりと表情をこわばらせる。

女騎士の青灰色の目には、憎悪を感じさせるほどの冷たい敵意があった。

◇◇◇

「――総合力を考えれば十回に七回は我が国の勝利となろう。なれどマルモア国には地の利がある。優勢だからと気を抜けば、思わぬところで足をすくわれるやも知れぬ」

大競技場の端にある西の陣所。

開会式を終えたリーリエ国騎士団は、そのまま陣所へと移動した。

第一競技に参加する二カ国のみ、装備品は前日の夜に検品に預け、許可を得たのち着用している。平壇を片づけて準備をととのえるわずかな間が、競技前最後の調整時間となっている。

卓上に戦術図を広げたゼンメルは、職人らしい長い指先をはしらせた。白と黒の駒《こま》を動かす。朝の食堂で説明した手順をあらためて伝え、かさねて言うが、と前置きしてから。

「中央火山帯に近いマルモアの大地は、乾くと滑り雨が降れば泥濘《ぬかるみ》となる。西方地域杯の開催地は持ち回りだ。ヴェルナーら何名かは経験があるが、多くは初めての会場となる。最初の砂時計一反転は、慣れることを優先しろ。あとはロルフ」

机を囲む十六名の騎士たち。ゼンメルは腕を組んでいるロルフに視線をやった。

「勝ち抜けば第二競技はキントハイト国が相手となろう。破石王の座を望むなら、決勝ではなく、序盤の二戦が勝負となる。細かいことはいまさら言わん。わしとしては、例年と同じ戦いぶりではつまらんがな」

謎かけのような言葉に、ロルフは眉《まゆ》をひそめる。青海色《あおうみいろ》の目を伏せ、むっつりと黙りこんだ。

小さく苦笑し、ゼンメルはニナに向きなおる。

「あとニナ、おまえの弓矢のことだが……ニナ？」

ニナははっと我にかえる。

ゼンメルがいぶかしそうに自分を見ていることに気づくと、すみません、と頭をさげた。女騎士の厳しい眼差《まなざ》しを、意識からあわてて消し去る。こんな大事なときに余所事《よそごと》を考えてしまった、と思うと、反省と後悔で身がすくんだ。

肩を落とした姿になにをかんちがいしたのだろう。リヒトがトフェルの兜の横を、ごつ、とたたく。

「痛って！　がーんて鳴ったぞおい！　耳の奥が！」

「何度注意しても聞かない耳なんていらないでしょ？　おまえのつまんない悪戯のせいで、はじまるまえから疲れちゃってるじゃん。ニナの弓が今日、もし不調だったら、耳にさよならを言った方がいいよ？」

トフェルは兜をおさえた。果実水の準備をしているオドの後ろに、そっと隠れる。

ゼンメルは矢の補充について、事前会議で許可を得たことを語る。公式競技会で使用できる武器は一人一つで、破損すれば予備のものと交換が可能だ。しかし弓は矢を放つという特性から、所持できる矢数と補充が問題となった。

会議の結果、矢数は矢筒に入る数だけ。あいだの休憩で、失ったぶんの補充が許可された。ガルム国との裁定競技会のときは予想外の武器の使用に、一時的な判断しかできなかったが、これであらためて弓矢の使用が規定されたことになる。

ニナは恐縮して頭をさげた。自分のために骨を折ってくれたゼンメルを思うと、お腹の奥に芯が通ったように力がこもる。

あの女騎士がなぜニナを睨んだのかはわからない。あるいは開会式の最中に騒ぎを起こした、非常識な態度に腹を立てたのかも知れないが。

――いまはともかく第一競技です。正式入団してから初めての戦闘競技会です。これからのあり方を考えるきっかけになればいいと、団長は仰《おっしゃ》ってくださいました。なるべく迷惑をかけないよう、精一杯がんばるだけです。

大競技場の周りには、そろそろ審判部が集まりはじめている。

オドが葡萄《ぶどう》の果実水をくばり、ニナはそれを手伝った。マルモア国に来てから城下の酒場をはしごしていた中年組は、やはり二日酔いの頭を抱えている。馬鹿じゃないの、と怒鳴るベアトリスを、副団長クリストフがまあまあとおさえている。

いよいよ近づいてくる開始のときに、ニナは東の陣所を遠く眺めた。ゼンメルの話によるとマルモア国には女騎士が多く、彼女たちは力こそ男性に劣るものの、足と素早さではまさっているのだという。

葡萄の果実水をかたむけながら、ニナは前夜祭でのことを考える。リヒトと話していたマルモア国騎士団の女騎士たちは、みな大柄だった。縫製《ほうせい》業が盛んな国らしい、レース装飾が凝《こ》ったドレスを華やかにまとう姿は、自信と迫力を感じさせた。

もたもたしているうちに歓声をあげて囲まれたあのときを思うと、ニナはなんとなく不安になる。それに気づいたかのように、リヒトがニナに声をかけた。

「心配しなくても大丈夫だって。ガウェインみたいに規格外の強さの騎士はいないし、それにニナには、一途《いちず》で忠実な〈盾〉がいるでしょ?」

「リヒトさん……」

「そんな可愛《かわい》い顔されると出場させたくなくなるね。でもほんと、大事なニナに傷の一つもつけないように、おれすごいがんばるからさ」

リヒトは兜ごしに頰《ほお》をなでる。

その仕草と見あげた角度に、ニナは昨夜のバルコニーでのことを思いだした。唇を落とされた額が一気に熱くなった気がする。頰を赤らめて下を向くと、リヒトが目を細めて笑った。

ロルフがどんと、木杯を机に置いた。

不必要に強く飛んだ音に、果実水のおかわりをついで回っていたオドがおどろいた顔をする。ロルフは鋭い視線をリヒトに投げた。時間だぞ、と低くつぶやき、凧《たこ》型盾を手に陣所を出ていった。

ゼンメルは白髭《しろひげ》をすく。気遣わしげな表情をするクリストフに、静かに首をふった。

「出立《しゅったつ》まえにも言ったろう。当人同士の問題だ。なるようにしかならんよ」

◇◇◇

――も、もうここまで⁉

競技場の西側。乾いた土塊をまきちらし、ざっと目の前に立ったマルモア国の女騎士。

ニナはあわてて背中の矢筒《やづつ》に手をのばした。西側の端に整列し、審判部が高らかに開始を告げる。銅鑼《どら》の音とともに走りだしたのは、ほんの少しまえのこと。

西方地域杯の会場は、長さおよそ二百十歩、幅およそ百四十歩の大競技場。縦断する方が倍近く時間を費《つい》やすはずだが、リヒトらがニナを隠すように半円をつくったときには、急襲したマルモア国騎士団が大剣を振りかぶっていた。

ニナを囲むのはリヒトを筆頭に、トフェルとオドとヴェルナー。対するマルモア国騎士は同数の五名の女騎士。残りは両国家騎士団とも二つの小集団に分かれ、競技場の中央付近で接近戦をくり広げている。

ロルフに対峙《たいじ》する集団にはマルモア国の騎士団長の姿がある。〈隻眼の狼《アイン・ヴォルフ》〉の異名を持つロルフは、今回の西方地域杯でも破石王の有力候補とされている。騎士団長自らが対峙し、おさえる必要があると判断したのだろう。

「させないって！」

ニナが矢をつがえるのとほぼ同時、リヒトがその前で盾をかざした。

上段から振りおろされた大剣が金属音をたてて弾かれる。すかさず体勢を立て直した女騎士の赤い髪が、土埃《つちぼこり》に舞った。

「ふーん。恋人には傷の一つも許せない感じ？」

「あたりまえでしょ。こんなに小さくて華奢《きゃしゃ》なんだよ。うるさくて図々《ずうずう》しいあんたらとは、可愛さがちがうんだからさ」

「綺麗《きれい》な顔で言うじゃない。ねえ、〈少年騎士〉ってその子でしょ。そんな短弓《たんきゅう》でどうするのよ？」

「知りたきゃ試せば？　でも昨日みたいに〈おさわり〉はさせないからね？」

「そ。なら勝手にやるわ！」

言いはなち、赤毛の女騎士は大剣を振るった。そのまま打ち合いをはじめた二人の後方で、ニナは戸惑いを顔に浮かべる。自分のことを知っているし、兜《かぶと》からのぞく顔立ちにも覚えはあるけれど。

――この女騎士は昨夜見た、濃紫《こむらさき》色のドレスの方、ですよね？

思わず自問自答してしまう。戦意にらんと燃える瞳に、挑発するような赤い唇。きゃあきゃあと歓声をあげてニナの頬をつついた女性が、いまは気さくな華やかさの欠片《かけら》もない。身体《からだ》をしずめて盾でリヒトの足を薙《な》ぎ、後ろに反転した勢いで大剣を叩きつける。避けられるやいなや剣先をちゃきりと鳴らし、足を大きく踏みこんで刺突《しとつ》をくり出す。

身軽で獰猛《どうもう》。まるで森林を縦横に飛びはねる山猫のようだ。

「ニナ！」

名を呼ばれ、ニナは弓を持つ手に力を入れる。

ともかく考えている余裕などない。半月型の弓を斜めにかまえ、中央のにぎりをつかんだ指にそわせて、矢を引きしぼる。

リヒトの一撃を横に倒した大剣で防いでいる女騎士の兜。頭頂部に輝く命石《めいせき》に狙いをさだめ、ぐ、と足に体重をかけた——その途端。

「きゃ⁉」

ニナの身体がすてんと転がった。

反動で指から離れた矢が、風音を立てて空にはしる。あわてて手をつき身を起こすと、乾いた地面の感触が返った。

——わたし、自分ですべって？

力をこめるとぽろぽろと崩れる灰褐色《はいかっしょく》の土。ニナはマルモア国の大地は滑りやすいとの、開始前のゼンメルの言葉を思いだした。いま考えればトフェルに悪戯《いたずら》されたときも同じだった。尻もちをつくなり、ずるりと仰向《あおむ》けに転がって——

「〈おさわり〉はさせないって言ったでしょ！」

リヒトが爪型盾を高く掲《かか》げた。

地面にしゃがみ込んだニナへ殺到しかけた女騎士を直前で防ぐ。立ちあがったニナは、リヒトと組み合う女騎士が別の相手になっていることに気づいた。赤毛ではない。山吹色《やまぶき》のサーコートに躍るのは、艶《つや》やかな黒い巻き毛だ。

──い、いつのまに?

大競技場の西側で展開する小集団同士の交戦。ニナがあらためて周囲を見まわすと、マルモア国の騎士たちは対峙するリーリエ国騎士をめまぐるしく換えている。

栗毛の女騎士と交戦していたはずが、あれと思うまもなく銀髪の女騎士におされている。まるで軍衣に描かれた糸車が紡《つむ》ぎだす、鮮やかな糸が舞っているかのようだ。後手にまわり対応に追われ、んだよこいつら、と、トフェルの苛立《いらだ》った声が飛んだ。

敵味方が入り交じるなか、リヒトがふたたび、弓射をうながす声をあげる。

ニナは背中の矢羽根に手をのばした。無秩序な乱戦に動転し、なにがなんだかすでにわからない。ともかくは必死に矢尻をさだめる。足をとられないように腰を落とし、矢を放った。

女騎士の焦茶色の髪が揺れる。

え、とおどろいたときには、兜の命石《めいせき》がきらめきながら落ちていた。

「うっそ!　本気で弓矢なの!?」

兜を触った女騎士が唖然《あぜん》と叫んだ。

本気だよ、と答えたリヒトが、肩ごしに振りかえってうなずく。ニナは安堵《あんど》すると、ほっと肩の力を抜いた。

審判部が片手をあげて角笛を吹いた。城壁の観客席からあがった歓声が、晩秋の空に高くはじける。

マルモア国騎士団はその後も、身軽さと連携でリーリエ国騎士団を翻弄《ほんろう》した。リーリエ国対マルモア国の第一競技は結局、残り騎士数十三名対十一名で前半を終えた。


西の陣所に戻ったリーリエ国騎士団は、やれやれという顔で盾を置く。

高くなっている奥の板間に座りこみ、果実水に手をのばす彼らの表情は、優勢のわりに疲労の色が濃い。ひらりひらりと惑わされ、決定打を放とうにも慣れぬ大地が枷《かせ》となる。ニナ以外にも転倒したものがいたのだろう。石造りの陣所の床が、甲冑《かっちゅう》から落ちた土塊でみるみる汚れた。

「思ったよりも数を離せなかったか。地の利に加えてあの動き。破壊力こそないが捕まえるのも容易ではない。騎士団の人員確保はむろん、経験の蓄積も課題だな。ここ最近はガルム国の件で余裕がなかったが、いま少し、親善競技の機会を増やす必要があるだろう」

ゼンメルはふむ、と白髭をなでる。

前半でリーリエ国が奪った四個の命石は、ニナとロルフと中年組の二人が一個ずつ。卓上に広げた戦術図から、騎士をあらわす駒《こま》を退場者の数だけ減らした。残された白と黒の駒を、競技場いっぱいに展開する。

「ただ前半は感覚をつかむのが目的だ。後半はおさえず一気にいけ。マルモア国が交代騎士を使って攻勢にでたのなら、後半開始直後はしのぐことになろう。それを耐えれば勝利に近づくだろうが、たとえ人数でまさっていても、終了の銅鑼がなるまで気は抜くな」

団員たちは承知、と右拳を左肩にあてる。

そのまま濡れた布で顔をぬぐい、はちみつに漬けた柑橘《かんきつ》類を口にした。利《き》き腕に動きの癖《くせ》など、交戦した相手騎士について情報を共有する。

中年組の一人は、前半に待機を命じられた負傷療養明けの騎士と交代となった。久しぶりの実戦となる騎士に対し、古傷の影響を心配する副団長クリストフが細かな注意を伝える。

リヒトはニナの矢筒に矢を補充した。果実水を壺《つぼ》から飲んでいたヴェルナーが、そういえばよ、と切りだす。

「リヒト、おまえ北西の角まで移動したとき、なんであの栗毛を無視したんだよ？　あの位置ならおまえが足止めすれば、おれが後ろから取れたのによ」

「なに言ってんの。あそこで動いたらニナの守りが手薄になるでしょ。鋼《はがね》の大剣と硬化銀の甲冑だって、技量と打ちどころによっては骨だって折れるんだ。ニナにそんな大怪我《おおけが》、させられるわけないじゃん」

リヒトは平然と答える。

ああん、と顔をしかめたヴェルナーを無視して、ニナをのぞきこむ。

転んだときに怪我はしなかったか、あらためてたずねた。大丈夫です、と首をふったニナは、ロルフがじっと自分を見ていることに気づいた。

――兄さま?

陣所の柱によりかかる姿勢で立つロルフは、不機嫌な表情で腕を組んでいる。怒気をはらんだ青海色《あおうみいろ》の目と、ぐっと結ばれた唇。まるで言いたいことを我慢しているような姿に、ニナの胸がもやもやとした。

なにか気がかりな問題でもあるのか。声をかけるか迷っているうちに、審判部が競技場の中央に集まりはじめた。

四方から銅鑼が鳴らされる。リーリエ国騎士団とマルモア国騎士団の第一競技。後半の砂時計三反転がはじまった。

マルモア国騎士団は五名の交代騎士をすべて出した。戦闘競技会における交代騎士は、あいだの休憩時のみ入れ替えが可能となる。人数は競技会の格式にもよるが、前半で消耗《しょうもう》した騎士をさげる機会を逃す手はない。現在のリーリエ国騎士団のように団員がそろわない場合はともかく、枠《わく》一杯まで使うのが普通だ。

おさえていた前半に対し、攻勢をかけるリーリエ国騎士団は広く散開した。マルモア国騎士団も応じるように、少数の隊をつくって競技場を駆ける。木杭《きぐい》で囲まれた競技場の端近くに陣取ったリヒトとニナのもとには、前半でも相手になった赤い髪の女騎士と、栗色の髪の女騎士があらわれた。

いつでも対応できるよう身体は斜めに開き気味に。大剣を真横にかまえ、距離をはかりながらリヒトが言う。

「しつこいな。また来たの？」

「まーね」

「珍しい獲物でしょ。せっかくだからそこの〈少年騎士〉、落としたいかなってさ」

赤毛と栗毛が挑発するように笑った。

リヒトは剣呑《けんのん》に目を細める。

「ごめんね？　ニナからしつこくされるのは嬉しいけど。ていうかもっとして欲しいけど。それ以外は思いっきりお断りだから？」

「あらら」

「ほんとにむかつく男ね！」

栗毛と赤毛が同時に地を蹴《け》った。リヒトはすかさず応戦する。一人の大剣に同じく大剣を合わせ、もう一人は盾でおさえて腹に蹴りを入れる。

マルモア国騎士団にはロルフのように突出した力を持つ騎士はいない。女騎士個々の腕はリヒトに劣り、また二人を相手にすることも日々の訓練で慣れてもいる。

しかし〈少年騎士〉の役割を知ったマルモア国騎士団は、あいだの休憩で対策を練《ね》ってきたのだろう。女騎士たちはリヒトの背後から見え隠れする矢尻を、リヒトの身体《からだ》を使ってたくみに避ける。それこそまるで、ニナがリヒトを〈盾〉にしているように。

――またです。また、リヒトさんの裏に。

狙いをさだめようにも寸前で逃げられる。矢を弓につがえたまま、ニナはただじりじりと弓射の機会をはかった。

局地的には拮抗《きっこう》する場面もあるなか、競技場全体では次第にリーリエ国の流れになってきた。癖のある土質にも慣れ、前半をおさえたロルフはその鬱憤《うっぷん》をぶつけるように、着実に命石を稼《かせ》いでいく。

砂時計が二反転し、残り騎士数は十名対七名。勝負の帰趨《きすう》は決したに近かったが、それでも開催国として、観客席で声援をおくる国民への意地があるのだろう。マルモア国騎士団は最後まで諦めず、少しでも差をつめるために奮戦する。

リヒトと攻防をくり広げている赤毛と栗毛。いまだ命石を兜に戴《いただ》く二人の女騎士は、勝負に出たように雄叫《おたけ》びを放った。

激しさを増した攻撃にリヒトの対応がわずかに遅れる。その隙《すき》をついたように、赤毛の女騎士がリヒトの命石を、栗毛の女騎士がリヒトの腕を狙った。

すかさずリヒトが対応するも、大剣を突き出して制した栗毛の女騎士が、ひょいと唐突《とうとつ》に身体をかがめる。

目的は最初からこちらだったのだろう。リヒトの脇をすり抜ける。地面すれすれを大剣で横に薙《な》ぎ、ニナの足を打ちにかかった。

リヒトが肩ごしに振りかえる。

「ニナ！」

え、と声をあげたが、弓をかまえた体勢ではとっさの回避行動がとれない。

ニナは衝撃に耐えるため、腹に力を入れて奥歯をかみしめる。しかし幅広の刀身がニナの足に届く直前、リヒトの大剣がさえぎるように地面に突き刺さった。

「！」

高い金属音が飛ぶ。

思わぬ盾に攻撃を弾かれ、栗毛の女騎士は舌打ちした。

けれど次の瞬間、にやりと笑う。ニナに気をとられたリヒトの命石《めいせき》を、赤毛の女騎士の大剣が軽やかに打ち砕《くだ》いた。

「リヒトさん！」

「――あれ？」

リヒトは気の抜けた声をもらす。

審判部が片手をあげて角笛を吹いた。リーリエ国一名退場、との声が放たれる。

事態に気づいたトフェルとオドが、すかさず急行した。競技場の外へ出るリヒトと交代する形で、二人の女騎士とニナのあいだに割ってはいる。

剣を合わせることしばらく、審判部が両手をあげた。

競技場の四方から第一競技の終了を告げる銅鑼《どら》が鳴らされる。残り騎士数が確認され、九名対七名で、リーリエ国の勝利が宣言された。

◇◇◇

大競技場から半地下の回廊《かいろう》を通った先。ミラベルタ城の一階の、出場騎士団の控室。

マルモア国に勝利したリーリエ国騎士団は、陣所を引きはらい控室へと戻った。大剣と盾を置いて兜《かぶと》をはずす。水分補給をしながら負傷者を確認し、濡らした布で顔や手足の汚れをぬぐった。興奮冷めやらぬ人々の歓声が、遠い波音のように聞こえている。

全員が一息つくのを待ち、ゼンメルは第一競技の勝利をまずはねぎらった。

明日からの予定を確認した後、リヒトの前に立つ。知的な老顔には、渋い表情が浮かんでいた。

「勝利のあとに無粋《ぶすい》な話はわしとて避けたい。しかし団長として無視することはできぬ。終了間際のあれは、どういうことだね？」

「どうって、なにがですか？」

「おまえが自分の防御を捨て、ニナを助けた件だよ。しかも武器であり騎士の命綱《いのちづな》ともいうべき大剣を、木杭よろしく競技場に突き刺すなど」

ゼンメルは苦々しげに言った。

不安そうに成り行きを見守っているニナの足元を、ちらりと一瞥《いちべつ》する。軍衣に隠れてはいるが、その下は硬化銀の甲冑《かっちゅう》に鎖帷子《くさりかたびら》、膝丈の長靴《ちょうか》でがっちりと守られている。

「武器は鋼《はがね》の大剣で、女騎士の腕前は中程度。あの距離ならば、攻撃を受けても打撲《だぼく》程度ですむ。機動力を奪われるには至らぬ。おまえとて、じゅうぶんにわかっていたはずだ」

「わかってたけど、でも戦闘競技会に絶対はないって、まえに言ったのは団長じゃないですか。剣の軌道が少しでもずれたら、大怪我《おおけが》になったかも知れないし。まあ失石数《しっせきすう》は増やしたけど、結局は勝ったんだからいいでしょ？　ニナも無傷で第一競技にも勝利して、終わりよければすべてよしで？」

多少は気まずそうに、ね、と小首をかしげる。

ゼンメルはふーっと大きなため息をついた。

鼻の上の丸眼鏡《まるめがね》をはずし、疲れた様子で目元をおさえる。小さく首をふった姿を、副団長クリストフが気遣わしげに見ている。

ロルフが不意に長い黒髪をかきあげた。

獣傷の刻まれた左半面があらわになる。戦いの余韻《よいん》の残る美しい顔に険しい表情を浮かべ、ただ一つの青海色をリヒトへと向けた。

「おまえはニナをなんだと思っている？」

唐突《とうとつ》な問いにリヒトは目をまたたく。戸惑うニナを見おろしてから、ふたたびロルフに向きなおった。

「なにって、すんごい可愛くて小さくて綺麗《きれい》な、おれの恋人？」

それがどうかした、と不思議そうな顔をする。

ロルフは拳を強くにぎった。

ぎりりと音がしそうなほど締められた手は、甲の筋が浮き出ている。渦巻《うずま》く感情を制御するよう、ロルフは胸を膨らませて深い息を吐いた。

つかつかとニナに歩みよる。

不安そうに見あげてくるその肩に、両手をのせて告げた。

「ニナ」

「は、はい」

「おまけは返却しろ。いまならまだ、もらわなかったことにできる」

「え？」

おまけとはなんのことか、と考えたニナは、やがて思いあたる。

ツヴェルフ村に正式入団の勧誘に来たとき、リヒトは騎士の指輪といっしょに自分をもらってくれと言った。ニナは申し出にうなずいて、それから二人は恋人になったのだ。

そのおまけを返せとはどういうことか。心許ない顔で瞳を揺らすと、ロルフはうなずいた。

「おまけは所詮《しょせん》おまけだ。騎士の指輪の尊《とうと》さには及ぶべくもない。しかもそこのおまけは、口だけではなく頭自体も戯言《ざれごと》でできている。不愉快極まりないばかりか、騎士としてのおまえの成長を確実に妨げる」

「えと、あの」

「日々の訓練でも弓矢が的《まと》を外すことはある。だから気にすることはない。おまえにはこの兄が責任を持って、リーリエ国一の騎士を探し出して紹介――」

「ちょっとちょっと!」

リヒトがあわてた声をあげる。

ニナとロルフのあいだに割って入った。ニナを背後に隠すと、信じられないという顔で言う。

「なに堂々と、おれの前でおれを捨てろとか言ってんの? ていうかリーリエ国一の騎士って、そんなの思いっきり自分じゃん! やっぱそうなんだ。まえからあやしいと思ってたんだよね。幼妻《おさなづま》だか厳格年上亭主だか知らないけど、こっちが苛々《いらいら》するくらいべたべたしてさ!」

「異国に来てまで意味不明な妄言はやめろ。リーリエ国一でなければ、西方地域一でも火の島一でもいい。ともかくおれは、妹を侮辱《ぶじょく》する男など、兄としても騎士としても決して認めん」

「に、兄さま」

ニナはおろおろと、断言した兄とリヒトとを見やった。

リヒトは不快そうに眉《まゆ》をひそめる。

「意味不明なのはこっちなんだけど？　侮辱ってなに。おれがいつニナを馬鹿にしたって言うわけ？　ていうかそもそも、ニナを見つけたのはおれだよ。短弓《たんきゅう》しか使えない案山子《かかし》だって、役立たず扱いしてたのは誰だよ。口と図体だけは立派な、どこぞの破石王アルサウの子孫たちじゃん」

「妹を馬鹿にしていないというなら、なぜおまえは己の命石を犠牲にしてまで庇《かば》った？　終了の銅鑼が鳴っていない以上、競技会はまだ終わっていない。前半でも、おまえがヴェルナーの助力より妹を優先したことで、奪えるはずの命石をみすみす失った」

リヒトは、はあ、と怪訝《けげん》そうな声をあげる。なに言ってんの、というふうに首をふった。

「なんでって当然でしょ。恋人を庇ってなにが悪いんだよ。傷つけたくないって、痛い思いも苦しい思いもさせたくないって、そう願うのは普通じゃないの？　それにニナは自分で自分の身を守れないんだから、〈盾〉のおれが守らなくて誰が守るんだよ！」

リヒトは強い口調で言いはなつ。

硬質の輝きをおびた青海色《あおうみいろ》の目と、明るい新緑色の目が睨《にら》みあった。

第一競技に勝利し、互いの健闘をたたえあうはずの控室に嫌な沈黙が流れる。

ベアトリスは困惑した顔で豊かな金髪をかき、トフェルとオドは上目遣いに視線を交わした。いつもなら陽気な歓声をあげて酒だ女だと騒いでいる中年組も、居心地が悪そうにむっつりと黙りこんでいる。

ロルフはニナに視線をやった。

隠すように立ちはだかるリヒトの背中の向こう。なんとなく身をはねさせた妹に、はっきりと問いただす。

「おまえはいいのか？」

「えっ」

「おまえはそれでいいのかと聞いている」

「いいって、あの……」

ニナは口ごもった。

――たしかに、兄さまのご指摘はもっともです。

前半も後半も同じだ。リヒトが自分を庇ったことで取れたはずの命石を逃し、守れたはずの命石を失った。結果的には勝てたけれど、不用意な行為で足を引っ張ったと言われれば否定できない。

だけど短弓を使うニナは、リヒトが断言した通り自分で自分の身を守れない。守れないからこそツヴェルフ村では役立たずだとされ、それをおぎなうリヒトの存在によって〈変われた〉のだ。〈盾〉がいなければ案山子同然に打たれるだけの自分が、身を挺《てい》して助けてくれるリヒトの行動に意見するなど。

――どうしよう。でも、だけど。

ニナは甲冑の草ずりを落ちつきなくいじる。

青海色の目が頼りなくおよいだ。待っても開かないその唇に、ロルフはやがて業《ごう》を煮やしたように息を吐く。盾と兜を手にし、そのまま部屋を出ていった。

それを合図として、ほかの団員たちが宿舎へと持ち帰る荷物を運びはじめる。

予備の装備品や陣所の前に掲《かか》げた国旗、果実水の壺《つぼ》が入った木箱に応急手当の道具。中年組は手分けして抱えると、今日の酒は不味《まず》そうだな、とぼやいて控室をあとにする。

汗拭き布を入れた木桶《きおけ》をさげたトフェルは、扉から出る直前にリヒトを振りかえった。

「ここがどこでどういう状況か――わかってないのはおまえじゃねーの？」

「はあ？　なに言って」

「べっつにおれには関係ねーけどさ。まあいいや。今日は西側の宿舎を探索予定だからさ。景気づけに、玩具《おもちゃ》に使う新しい材料でも拾ってくるかなー」

歩きだしたトフェルに、大荷物を抱えたオドがつづく。なんだよあれ、と閉まる扉を睨んだリヒトを、ベアトリスはため息まじりに眺めた。

西方地域杯は一日に一競技開催されるが、午後からは翌日の競技の装備品検品のため、控室をあける必要がある。係の審判部の確認を終え、残された団員たちは廊下《ろうか》に出た。

宿舎への回廊に向かいかけたところで、対面にある東側の控室から、マルモア国騎士団が姿を見せる。

競技場での好戦的な態度とは一転。同様に荷物を抱えた女騎士たちは、きゃあっと歓声をあげて近づいてきた。

嫌な顔をするリヒトの背を乱暴にたたき、ベアトリスと握手を交わす。ニナはたちまち女騎士たちに囲まれた。あんたすごいわね、ちっちゃいのにさ、この手で射ぬいたんでしょ――親しげに賛辞を送るのは、先ほどまで対峙《たいじ》していた赤毛や栗毛の女騎士たちだ。

最初こそ怖々と接していたニナだが、気安い態度に次第に表情をやわらげる。けれど赤い髪の女騎士は、ふと目を細めて言った。

「すごいけど……でもあんた、〈お姫さま〉なんだね」

気の毒そうに憐《あわ》れみをこめた声で。

えっと表情を変えたニナの頭を軽くなでる。

マルモア国騎士団は整列し、立礼をほどこした。リーリエ国の第二競技での健闘を祈願すると、大きく手をふり去っていった。

鮮やかな山吹《やまぶき》色の軍衣が遠ざかるのを、ニナは困惑して見おくる。

〈お姫さま〉とはどういう意味なのか。なぜあんな痛ましいものを見る視線を自分に向けたのか。

わからない。わからない、けれど。

――おまえはそれでいいのか。

ニナは自然と、兄ロルフの言葉を思いだしていた。

◇◇◇

ミラベルタ城の居館上階にある鐘が時を告げる。

高く澄んだ鐘の音は五回。晩秋の早朝を荘厳に染めて消えていく。宿舎の螺旋《らせん》階段をおりたニナは、二階の食堂に入った。

参加各国ごとに割りふられた宿舎の塔には、客間のほかに食堂があり、料理人や小姓《こしょう》が配属されている。日に三度の食事は豚や牛など肉料理を中心に、川魚や季節の野菜、果物を使った菓子類など、西方地域で一般的な料理が供される。

ただ西方地域と一口にいっても、最北のキントハイト国から最南端のラトマール国まで馬で半月程度はかかる。国により材料や嗜好《しこう》に差はあり、また体調管理には食べ慣れた食事の方が望ましいということで、本国から料理人を同行させる場合もある。マルモア国はリーリエ国の北の隣国だ。料理の系統が比較的近いため、団舎の料理婦ハンナは今回、同行を見おくっている。

マルモア国に到着してすでに四日目。顔なじみとなった料理人や小姓に挨拶《あいさつ》し、ニナはさっそく朝食の手伝いをはじめる。

別に頼まれたわけでも、ハンナのように前掛けを投げられたわけでもない。団舎からの習い性で食堂に顔を出したのがきっかけだが、いまとなってはよかったとニナは思っている。気持ちが落ちつかないとき、家事や雑用をしていると、多少は気がまぎれるのだ。

——でもあんた、〈お姫さま〉なんだね。

赤毛の女騎士が口にした言葉。響きはまったくちがうのに、まるで〈役立たず〉と言われているような。憐憫《れんびん》に満ちた声音《こわね》を思いだしながら、ニナはぼんやりと取り皿をはこぶ。

——あれは本当に、どういう意味だったのでしょう。

ニナにはわからない。けれど考えるたびに胸の奥がうずく気がする。わけもなく焦燥感《しょうそう》を覚え、心許《こころもと》なくなってくる。競技会の疲労で身体《からだ》は限界なはずなのに、昨夜はなかなか寝つけなかった。慣れない寝台で寝返りをうち、真っ暗な窓の外を見てはため息をついていた。

こんな不安定な気持ちは、ベアトリスが団舎に帰還したころ以来だ。あのときは騎士としての覚悟がさだまらず、不安と迷いで身体を壊すほど悩んでいた。だけど裁定競技会でガウェインと対峙し、変わりたいと、誰かの役に立つ存在になりたかったと気づくことができた。

そして大事ななにかを守れた自分は、ほんの少しだけ変われたと思う。完全ではない。小さすぎる一歩かもしれない。それでも認めてもらえる自分に近づけたと、そんなふうに感じていたけれど。

——おまえはそれでいいのか。

突き放すような兄の言葉が心をよぎる。

ニナが取り皿を抱えて足を止めたとき、食堂にオドがやってきた。

雄牛《おうし》を思わせる巨体とそれに似合わない柔和《にゅうわ》な顔立ち。ニナが挨拶すると、オドは優しく微笑《ほほえ》んだ。手伝いをする弟妹を褒めるようにニナの頭をなでると、さっそく調理場へ向かう。農夫の出身だというオドは働きもので、仕事を見つけては骨惜しみもせず動いている。

ともに配膳《はいぜん》をしながら、ニナはほかの団員たちのことをたずねた。もう起きているのか、競技会の疲れは大丈夫なのか。極端に口数が少ないオドの返答は身振り手振りだが、慣れるとだいたいは理解できる。

トフェルとリヒトは昨夜遅かったらしくまだ寝ている、ベアトリスは居館のホールで世話役の貴族と話している、中年組は朝帰りをして門番と揉《も》め、副団長が謝罪に行っている、団長は使用した装備品の損傷具合を点検し、ロルフは地下の訓練場におりている——

ニナは長机の端をちらりと見やった。

そこに座って黙々と食事をしていた昨日のロルフを考える。控室で気まずい言い争いがあったものの、夕食の席に集まった兄は普通だった。おかわりをたずねたニナを無視することもなく、ああ、頼む、といつも通り接してくれたが。

——おまえはそれでいいのか。

ふたたび頭をよぎった言葉に、ニナは第二競技が四日後でよかったと思った。心に惑いを抱えたこの状況で、普段通りに射ぬく自信はとてもない。

配膳を終えたニナとオドは、そのまま団員たちを呼びに向かった。オドは門番の詰め所と上階の客室に。ニナは居館の一階で話しこんでいるベアトリスに声をかけてから、地下の訓練場へと螺旋階段をおりていく。

「──兄さま？」

ニナは頼りない声で問いかける。

宿舎の地下にある各国専用の訓練場。準備運動や一対一ができる程度の空間は簡単に見わたせる。しかし明かり取りの窓から朝陽が差しこむ周囲に、兄の姿はない。

──もしかして、共同訓練場の方でしょうか？

ニナは薄暗い回廊を通り抜け、その先の共同訓練場に移動した。

中庭の真下にあたる共同訓練場は、中競技場程度の広大な広場だ。各国の訓練場が洞窟《どうくつ》のようにつながる構造は、古代帝国頃の円形闘技場を思わせる。使用は基本的に自由だが、時間帯によっては参加国が交代で、陣形の確認など競技前の最終調整をおこなっている。

早朝の鐘が鳴ってまもない頃合いなのに、共同訓練場には十数名ほどの他国の騎士たちがいた。

仲間と組んで身体をほぐしたり、戦術図を広げて相談したり。大剣を打ち合う強面《こわもて》の騎士たちを怖々と眺めながら、ニナは肩をすくめるようにして訓練場の端を歩いた。背伸びしては兄の姿を探し、壁の回廊から見える各国の訓練場をなんとなくのぞいていると、一人で打ち込みをする女騎士の姿があった。

——この人は、城下で会った……。

薄金色の短髪に中性的な顔立ちと、痩《や》せた長身。あの、と勢いこんで声をかけようとして、ニナは金貨袋を部屋に置いたままなことを思いだした。そもそも、自分とは会わなかったことにしろと言われている。開会式のとき、理由はわからないが強い視線で睨まれもした。

——だけど、あんな理由でお金をもらったままなんて、そんなの。

話しかけようか、金貨袋を取りに部屋に戻るか。悩みながら、ニナは回廊の端に身をひそめて女騎士を眺めた。

薄暗い通路の先にぼうと浮かびあがって見えるキントハイト国の訓練場。女騎士は一人黙々と、大剣を振るっている。

上段、中段、下段。キントハイト国は今日、ラトマール国との第一競技が予定されている。規則正しい動きはこれから挑む戦いに向けて、自分の身体を最終確認しているようだ。

背筋はぴんとのび、中性的な顔立ちからは大粒の汗が散っている。

いつしか魅入《みい》っていたニナは、はーっと思わず吐息をもらしていた。

——強いです。王女殿下より正確で、マルモア国の女騎士の方々よりも鋭さがあります。それになんでしょう。動きは静かなのに迫力が。真剣でひたむきで、見ていると胸が苦しくなります。

そう感じたニナは、同時に心配になる。

城下の路地で呼吸を乱し、手をふるわせていた女騎士の姿を思い浮かべた。古傷の後遺症だと言っていた。初めて交代騎士になれたのに、後遺症の存在が知られると都合が悪いと、ニナに口止めを頼んだ。それはつまり、出場が難しいほど状態がよくないということではないだろうか。

女騎士が不意に大剣をおろした。

時間だぞフォルビナ——螺旋階段に姿を見せたキントハイト国の騎士が、そう呼びかけてすぐに去る。女騎士は大剣を剣帯《けんおび》におさめると、そのまま階段をあがっていった。

声をかけそびれたニナは、小さく息を吐いた。

名前がわかっただけでもいいだろうか。フォルビナさん、と心のなかでくり返した肩に、ぽんと手がのせられる。

「どうしたこんなところで。この先はキントハイト国の宿舎だが、また迷子か？」

覚えのある低い美声。

はっと振りかえると、目の前に獅子と剣を描いた漆黒《しっこく》の軍衣があった。

獅子が戴《いただ》く王冠をたどって上を向く。黒い短髪に琥珀《こはく》色の瞳。浅黒い肌の男性が、精悍《せいかん》な顔を少しかしげるように立っている。

──キントハイト国の。

高名な破石王《はせきおう》にしてキントハイト国騎士団の団長イザークだ。あわてて頭をさげようとして、ニナはイザークの後ろに兄ロルフがいることに気づいた。

「……兄さま？」

ニナはイザークとロルフを交互に見る。この二人は知り合いなのだろうか。破石王を競う相手であるなら、競技会で対戦したことは当然にあると思うけれど。

そんな疑問を読んだのか、イザークはロルフを一瞥《いちべつ》して言う。

「おれは友人のつもりだが、そっちは顔見知り程度だろうな。一対一を誘ったが断られた。まったく遊び心のない男だ。キントハイト国とリーリエ国は遠い。こうして剣を合わせる機会など、滅多《めった》になかろうに」

「滅多になくて結構だ。対戦相手国の騎士と訓練場で剣を交える遊び心も不要だ。それよりもまた迷子、とはどういう意味だ。なぜおまえが、妹のことを見知っている？」

ロルフはきつい声で問いただす。

イザークはわずかに息をのんだ。珍しいものを見たという顔で、身をのりだす。

やがて唐突《とうとつ》に噴きだした。笑いながら腹をおさえたイザークに、ロルフの眉間《みけん》のしわが深くなる。

イザークは軽く手をふった。

「いやすまん。愛想の欠片《かけら》もない〈隻眼の狼《アイン・ヴォルフ》〉が、子兎《こうさぎ》のような妹の前でどんな顔をするのか気になっていたんだが。ははは。おまえの仏頂面《ぶっちょうづら》は鉄壁だな！　しかもその面《つら》で、口に出す言葉は過保護な父親そのものだ。これはまた実に笑える酒の肴《さかな》だな！」

ロルフの周囲がふっと暗くなった。

剣呑《けんのん》に細められた青海色《あおうみいろ》の目と、重苦しくただよう怒りの気配。

断ったはずの一対一がはじまりそうな雰囲気《ふんいき》に、ニナは急いで事の次第を説明する。ベアトリスの要請でよくわからないまま前夜祭に出て、イザークに迷子の子供だと誤解されたこと。抱きあげられて大広間に入ったことや、その後のバルコニーでのリヒトとのことは省略した。なんとなくだが、黙っていた方が賢明な気がした。

ロルフは顔をゆがめる。またベアトリスか、と忌々《いまいま》しそうに口にした。強引と善意で構成されている〈金の百合《ゴルト・リーリエ》〉の行動に、ニナが振りまわされるのはいまに始まったことではない。

兄妹のやりとりを興味深そうに眺め、イザークはあらためてニナにたずねる。

「で、おまえは本当になぜここに？　リーリエ国の宿舎は東側だ。偵察なら、遠慮《えんりょ》せず入るといいぞ。女騎士もいなくもないが、なにしろうちは華がなくてな。愛らしい子兎なら歓迎だ」

ニナはあわあわと首をふる。

開会式でのキントハイト国騎士団の姿が頭をかすめた。猟犬の群れに等しい黒衣の集団に放りこまれたら、自分など、歓迎代わりに皮を剝《は》がれて餌《えさ》にされそうだ。

各国のサーコートはさまざまだが、その色や意匠《いしょう》は騎士団の特色をあらわしている。リーリエ国の紺《こん》色は凜《りん》とした気高さを、ガルム国の緋《ひ》色は猛々《たけだけ》しさを。シュバイン国の緑色は平穏を、マルモア国の山吹《やまぶき》色は華やかさを。そしてキントハイト国の漆黒は、嵐のごとき圧倒的な威風だ。

イザークの軍衣を怖々とうかがったニナは、獅子の意匠に目をとめる。獲物に襲いかかるように立ちあがった獅子の頭部。そこには小さな王冠が描かれている。

おれの軍衣がどうかしたか、とイザークが聞いた。

ニナは記憶をたどるような顔で言う。

「いえ、その。開会式で並んでいたキントハイト国の騎士の方の軍衣と、模様が少しだけちがうなと思って」

イザークは面白そうに片眉《かたまゆ》をあげた。

「よく気がついたな。これはキントハイト国の正騎士《せいきし》にのみ許された軍衣だ。〈獅子の王冠《レーヴェ・クローネ》〉とも呼ばれている」

「獅子の王冠」

――今回の競技会には、わたしの覚悟がかかっている。なんとしても結果を出し、〈獅子の王冠〉を許されたいのだ。

ニナは城下で遭遇《そうぐう》した女騎士フォルビナの言葉を思いかえす。あのときはわからなかったけれど、〈獅子の王冠〉とはこの軍衣をさしていたのだ。

「あの、では正騎士とは、どういう方のことでしょうか。キントハイト国騎士団には、いろいろな種類の騎士の方がいるのですか?」

「戦闘競技会の基本人数は十五名だ。うちではその十五名を正騎士と呼んでいる。それに交代騎士の五名を加えた二十名が、名簿に名をのせる出場騎士ということだな」

イザークは胸元の意匠を強調するように、軍衣をつまんでみせる。

「この〈獅子の王冠〉が着られるのは正騎士のみだ。その座を追われれば着用を認められない。つまりは極めてわかりやすい、強さの証《あかし》ということだな」

「その座を追われればって、それは」

「交代騎士が正騎士より破石数で上回れば、その正騎士は〈獅子の王冠〉を脱がねばならない。キントハイト国騎士団は実力主義だ。おれもふくめ、正騎士の座が安泰なものは一人もいない。ちなみに交代騎士になるのも簡単ではない。騎士団に所属する三百名ほどの騎士から、一対一で勝ち抜いた五名のみ、正騎士への挑戦権が得られるというわけだ」

「三百名……」

ニナは呆気《あっけ》にとられる。

あまりに桁外《けたはず》れの数に、ただ圧倒されるしかない。リーリエ国騎士団は団長を入れて十七名の小所帯だ。正騎士の座もなにも、一時は人数不足に困り果て、王女殿下自らが勧誘のために国内をまわるほどだった。

女騎士フォルビナがやっと交代騎士になれたと言っていた理由がわかった。おそらくは努力をかさねてつかんだ〈獅子の王冠〉への道なのだろう。古傷の後遺症を隠してでも諦めたくないというのも、無理からぬことかもしれない。

「——面倒な男が来たな。思いの強さで片づけるには、まったく不愉快で厄介《やっかい》なおまけだ。

妄言をたたかれるまえに、宿舎に戻った方がいいだろう」

ロルフが唐突に言った。

視線の先に顔を向けると、リヒトの姿が共同訓練場の端に見える。ニナは自分が、朝食のためにロルフを呼びにきたことを思いだした。リヒトはあるいは、戻らないニナを心配して探しに来たのだろうか。

兄に事情を説明して頭をさげる。イザークに挨拶《あいさつ》し、その場を立ち去ろうとすると、低いつぶやきがふともれた。

「あれが〈少年騎士〉の盾か。勤勉で一途《いちず》で結構なことだな。うちの騎士団員ならば即座に追い出すところだが」

「え?」

「いや。マルモア国との第一競技、怪我《けが》をしなくてなによりだな?」

破石王たる異国の騎士団長は、意味ありげに笑った。

◇◇◇

「ニナこっち！　こっちの席が空いてるよ！」

人混みの向こうでリヒトが片手をあげている。

はい、と答えたニナだが、居館の観覧台はサーコート姿の騎士やマルモア国の貴族諸侯でいっぱいだ。西方地域杯二日目。まもなく開始されるキントハイト国とラトマール国の競技をまえに、みんな我先にといい席を確保しようとしている。

身動きがとれないニナに気づいたリヒトが、すかさず救出に戻ってくれた。ニナの身体《からだ》を軽々と抱きあげる。すいすいと器用に密集する人々のあいだをぬけて観覧台の最前列へ。背もたれつきの椅子《いす》におろされると、先に座っていた副団長クリストフが、審判部が貸し出している遠望鏡《えんぼうきょう》を渡してくれた。

地下の訓練場から宿舎に戻り、朝食を終えた後、ニナはリヒトらと居館の観覧台に向かった。

国家連合の公認競技場であるミラベルタ城には、西方地域杯のように大規模な公式競技会を実施するため、貴人用の観覧台が複数設けられている。段々畑状になったバルコニーに椅子を並べた構造で、階層により着席を許される身分が異なっている。ニナは国家騎士団員や貴族諸侯が集《つど》う中層階。来る途中でわかれたベアトリスはリーリエ国の王女として、マルモア国王家が観戦する最上階に席が用意されている。

戦闘競技会と混雑が切っても切れぬ関係なら、軽食もまたリヒトとともにある存在なのだろう。リヒトは席に座るなり持参してきた紙袋をあける。出てきたのは定番の焼きアーモンドに林檎《りんご》のクーヘン、ナッツを練《ね》りこんだ堅焼きパンと南瓜《かぼちゃ》のビスケット。昨夜の夕食後にベアトリスと城門前広場に出たところ、菓子が充実した酒場を見つけたというリヒトはご機嫌だ。これおいしい、こっちもいけるね、と目を輝かせる。帰国までにいっしょに食べにいこうよ、というリヒトにうなずき、ニナは葡萄《ぶどう》の果実水を口にした。

——兄さまもですが、リヒトさんもとくに変わりません。昨日、控室でいろいろあったのに、いつも通り明るいし元気です。

むしろ普段以上に気をつかってくれている。兄やマルモア国の女騎士に言われた言葉。思い返してはぼんやりするニナに、各国の国旗と団旗の関係や過去の西方地域杯での競技結果等々。朝食の席から話題を提供し、食後のハーブ茶までいれてくれた。

恐縮するほど優しい態度に安堵《あんど》を覚えたのは事実だが、けれどニナの心の奥底では複雑な感情もわいた。

まるで何事もなかったようなリヒトの姿を見ていると、自分の悩んでいることは、考える必要がないと言われている気がするのだ。同時にそんなことを感じた自分自身におどろいた。分不相応なほど大事にしてもらい、このうえなにが不満なのかと。申しわけなさで、新緑色の瞳がうまく見られないときもあった。

観覧台におお、とざわめきがはしった。

大競技場に視線をやると、対戦する両国の騎士団が東西の陣所を出て、競技場の端に整列するところだった。

城壁の一般用観客席に対し、居館にある観覧台は全体が見わたせるかわりに距離がある。軍衣の色で所属国はわかるが、細かな動きまで見ようと思ったら、目のいいニナでも肉眼では難しい。

船乗りが航海で使用する短筒型の遠望鏡をかざす。同じく遠望鏡に手をかけた、近くの観客の声が耳に入った。

「うん？〈黒い狩人《シュバルツ・イエーガー》〉は陣所だな。奴は出ないのか？」

「キントハイト国の団長は気まぐれだからな。食指の動く獲物のみ、存分に楽しんで狩るんだろう。まあ交代騎士を出しても、キントハイト国は層の厚さがちがう。ラトマール国は、前半しのげればいいだろうが」

声を交わすのは緑色に麦穂のサーコート姿の男たちだ。大地の恵みをあらわす意匠にはニナも覚えがある。ザルブル城にてガルム国と裁定競技会をおこなった、シュバイン国騎士団の団章だった。

「初戦がキントハイト国など運が悪いな。考えたら組み合わせ表のこちらの山は、ずいぶんと厳しい。〈隻眼の狼〉を擁《よう》するリーリエ国も、開催地の利があるマルモア国も同じ山だ」

「対するクロッツ国は恵まれているな。第一競技の相手はガルム国だろう。〈赤い猛禽《プルート・フォゲル》〉を欠いたガルム国は、九月に裁定競技会で下したかぎり、烏合《うごう》の衆《しゅう》と変わらぬ崩壊ぶりだった」

「皮肉な話だな。今回のシレジア国の不参加は、それこそ〈赤い猛禽〉の残虐《ざんぎゃく》行為のせいだろう。以前の裁定競技会で受けた人的損失が大きく、いまだ国家騎士団の態勢がととのわないと。そのガルム国が無様にも、手頃な獲物になっているのだ」

　自国の騎士団を崩壊寸前にまで追いつめたガウェインへの憎悪は、いまだ色濃いのだろう。シュバイン国の騎士たちは冷淡に切り捨てる。

　ニナは緑色に麦穂の軍衣の騎士たちが、緋色の軍衣の巨大な騎士に蹂躙《じゅうりん》されていた光景を思いだした。その赤い猛禽が出場停止処分という形で公的に牙を奪われ、ガルム国が他国の標的とされるいまを思うと、〈見える神〉としての国家連合の存在を実感せざるをえない。

　あらためて遠望鏡を構えなおし、ニナは大競技場に視線をめぐらせる。整列する黒衣の騎士のなかに前夜祭で見た細い目の副団長と、女騎士フォルビナを認めたとき、競技開始を合図する銅鑼《どら》が四方から鳴らされた。

優勝候補とされるキントハイト国はどんな競技展開を見せるのか。固唾《かたず》をのんで見守るニナの首筋が、やがてざわりと悪寒《おかん》にふるえる。

——なんでしょうこれは。不必要に乱暴でも、残虐な行為をおこなっているわけでも、決してないのに。

果実水を飲んだばかりなのに喉《のど》が渇《かわ》き、遠望鏡を持つ手が嫌な感じに汗ばむ。

灰褐色《はいかっしょく》の大地に散った漆黒《しっこく》の軍衣と朱色の軍衣。眼下の大競技場でくり広げられるのは、意外なほど静かな攻防戦だった。キントハイト国騎士団は細い目の副団長の指示のもと、機械的に陣形を変え、一人、また一人とラトマール国の騎士を倒していく。まるで競技時間を刻む砂時計が、淡々と砂粒を落としていくかのように。

激しい怒声も大きな土煙もない。無駄のない動きは冷静で、だからこそよけいに、圧倒的な力の差を見せつけている。

この状態で団長イザークが加わったらどうなるのか。気さくに笑いながらも、その琥珀《こはく》の目で獲物の値踏みをしているような異国の破石王。もしも競技場で対峙《たいじ》したら貧弱な自分などは歯牙《しが》にもかけられず、剣風の一閃《いっせん》で弾き飛ばされるだろう。想像したニナの鼓動は速くなる。

隣に座るリヒトは南瓜のビスケットを食べながら、書類の束を持った副団長と言葉を交わしている。彼らのなかではキントハイト国の勝利は絶対で、第二競技にそなえ、陣形の種類や騎士の顔ぶれを確認しているらしい。遠望鏡を掲《かか》げて競技場を見ては、書類に記された図や文字を指さしている。

キントハイト国が順当に命石《めいせき》を落としていくなか、ニナはいつしか女騎士フォルビナの姿を追っていた。出場騎士は兜《かぶと》や甲冑《かっちゅう》で全身をおおわれている。ニナが〈少年騎士〉だと思われているのと同様、観覧台から目にするフォルビナもまた、痩身《そうしん》の男性に見えた。

三日月型に広がった陣形の左翼で剣を振るうフォルビナはやはり強い。けれど周囲で黒衣をひるがえす騎士たちも、同様かそれ以上に動きがいい。味方でありながら競いあうように、たくみに剣を躍らせている。

――今回の競技会には、わたしの覚悟がかかっている。なんとしても結果を出し、〈獅子の王冠〉を許されたいのだ。

古傷の後遺症に苦しみながら、必死に絞《しぼ》り出された言葉。

ほんの今朝方、訓練場で黙々と大剣を打ち込んでいた姿が頭をよぎる。遠望鏡をにぎる指に無意識に力をこめたニナの視界で、中段から放たれたフォルビナの一撃がラトマール国騎士の腹に入った。

体勢を崩した相手騎士の懐《ふところ》にすかさず踏みこむ。掲げられた盾を同じく盾で押し返し、後方に引いた大剣を兜の命石《めいせき》めがけて突き出した瞬間、フォルビナの身体が不自然に揺れた。

見えないなにかで全身を強打されたように。がくんと膝を折ったその頭部を、ラトマール騎士の大剣が襲う。かろうじて避けたフォルビナだが、その動きはぎごちない。足元をもたつかせて防戦に追われる。

——いまのって、もしかして。

一部始終を見ていたニナは息をのんだ。

また足をすべらせたか、この会場は本当に厄介だな——近くで観戦するシュバイン国の騎士が言う。たしかに実際ニナ自身も、昨日の第一競技では何度となく足をとられた。乾くと滑り、雨が降れば泥濘《ぬかるみ》となる灰褐色の大地に、苦労させられたけれど。

細い目の副団長が合図をする。

隊列を変えたキントハイト国騎士団が、フォルビナと対峙していた騎士をふくむ残り数人を取り囲み、最後の仕上げとばかりに命石を奪った。

審判部が両手をあげる。シュバイン国騎士の言葉通り、前半の砂時計三反転を待つまでもなかった。ラトマール国騎士団の総退場により、勝敗は決した。

大競技場を囲む城壁や観覧台から、どよめきに似た歓声があがる。

優勝候補としてのキントハイト国の優勢は知られていたが、それにしても完璧《かんぺき》な展開だった。さすがだ、まったくすごい、圧倒的だ——観客の熱狂に対し、勝利宣言を受けて陣所に戻る漆黒の集団は、とくに浮かれることもなく悠然《ゆうぜん》としている。

屈強な騎士のなかでは一回りは小さく見える痩身。表情まではわからないが、覚束《おぼつか》ない足元をやっと進めているフォルビナの姿に、ニナはきつく唇を結んだ。

——あれは、やっぱり競技場のせいじゃなくて、具合が悪かったから……?

周囲の観客たちが次々に席を立つ。興奮した面持《おもも》ちでキントハイト国の強さをたたえ、観覧台から居館の内部へと戻っていく。

ニナはクリストフに近よった。

元司祭の副団長は博識で、医術にも明るい。団員の体調管理を受けもつ彼が負傷療養から復帰した中年組の様子を、気にかけていたことを知っている。

過去の傷が原因で手足のふるえや意識の消失が生じることはあるのか。ニナが質問すると、クリストフは専門の医師ではありませんが、と前置きしてから。

「頭部の外傷などではまれに聞きますね。身体的な症状だけではなく、記憶力の低下や認知機能の減退なども。ただ外科的処置は難しいため、薬による対症療法となるようですが」

「あの、ではそういう状態で、戦闘競技会に出場とかは？」

「後遺症の程度にもよりますが、まずは無理でしょう。平和的手段が建前《たてまえ》の戦闘競技会制度ですが、実際は頭上の命石を効率よく奪うため、相手の動きを封じる、すなわち負傷が前提です。刹那《せつな》の攻防で勝敗を決する場には、わずかな隙《すき》も命取りとなる。場合によっては過去の怪我《けが》以上の、命につながる大怪我をおう可能性もあるでしょう」

なにか気になることでも、と心配そうに問われ、ニナは首をふる。

居館への階段をのぼる観客たちの流れ。少し先で立ち止まっているリヒトのもとへ、足早に駆けよった。

——さっきの様子や副団長のお話からすると、フォルビナさんは本当は、競技会に出られる状態ではないのでは。

そんなことを考えながら、観覧台への降り口に立っている審判部に、ありがとうございました、と遠望鏡を返す。

輪状に手をつらねた四女神《デア・ファアトス》。国家連合旗が描かれたサーコート姿の審判部の男は、遠望鏡の入った大きな籠《かご》を抱え、その場を去った。

祝祭を思わせる喧噪《けんそう》のなか、男の足音がひっそりと遠ざかっていく。

上階のベアトリスを待つか先に宿舎に帰るか。リヒトと相談していたニナは、不意に顔色を変えた。

──待ってください。いまの審判部の人、あの足音って。

ガチャ、カツ、ガチャ、カツ──耳に残る不揃《ふぞろ》いな音。金属と皮革《ひかく》を交互に打ちつけたような足音。これは。

「！」

ニナは急いで周囲を見まわした。

顔を確認したわけではない。けれど特徴的な足音は、城下でフォルビナと揉《も》めていた男のものと似ている。彼女から薬箱を奪って逃げた。制止するために放ったニナの矢を、おそらくは義足で弾き返して路地の向こうに消えていった。

けれど観覧台前のホールを埋める観客のなかに、遠望鏡を抱えた審判部の姿はすでになかった。

◇◇◇

早朝の共同訓練場に人気《ひとけ》はまばらだ。

西方地域杯が開始され五日目。第一競技はすべて終了し、八カ国中の半数の国がすでに敗退した。訓練場を使う騎士も日に日に減り、端の方で数人の騎士たちが、場所を広々と使って三対三をおこなっている。

――今日こそは、返せるかもしれません。

周囲をうかがったニナは手にした金貨袋を見おろした。というより日程を考えれば、落ちついて行動できるのは最後の機会かもしれない。参加国の公平をはかるため、五日目と八日目は休戦日。明日の六日目はリーリエ国とキントハイト国の第二競技が予定されている。

ニナは共同訓練場の外縁を歩きはじめた。目指すは西側の回廊《かいろう》の先に見える、キントハイト国の訓練場だ。

女騎士フォルビナに金貨袋を返すため、ニナは結局、訓練中に声をかけることにした。ただ仲間の騎士がいる状態では、城下での一件はなかったことに、という約束に反してしまう。食事の手伝いを終えたあとや観覧台から宿舎に戻る途中、一昨日から何度か訓練場におりてみた。しかし本人がいないか周囲に誰かいるかで、機会に恵まれなかった。

地下の訓練場にキントハイト国の騎士が頻繁《ひんぱん》に姿を見せるのは、同行人数の多さによるものか、騎士団の特色によるものかニナにはわからない。リーリエ国の場合、共同訓練場を貸し切っておこなう陣形の確認こそ人が集まるが、それ以外で訓練場を使用するのはロルフぐらいだ。

マルモア国の葡萄酒《ぶどうしゅ》がよほど喉《のど》にあったのか、城下の酒場に入り浸っている中年組はそもそも姿を見かけない。ベアトリスは居館や観覧台で貴人と歓談していることが多く、ゼンメルは装備品の調整をしたり、副団長と第二競技の戦術について相談している。

トフェルは城内探索に余念がないが、オドの身振りでの説明によると、西方地域杯で他国を訪れるたびに同様の行動をしているらしい。退屈を嫌う悪戯妖精として目新しい刺激を求めるのだろうと、リヒトは興味がなさそうな顔で決めつけていた。

一方のリヒトは時間を見つけては訓練場におりるニナに、とくになにも言わなかった。足が鈍《なま》るのを防ぐために共同訓練場の外周を歩いている、と曖昧《あいまい》な説明をしたが、無理をし過ぎないでねと、苦笑されただけだった。

円形の共同訓練場の壁に宿舎の数だけ通じている回廊。ニナは近くに誰もいないのを確認し、洞窟《どうくつ》のような通路をのぞきこむ。

薄暗い回廊の先。キントハイト国の宿舎の地下にあたる空間では、薄金色の短髪の女騎士――フォルビナがひとりで剣を振るっていた。その周囲にも上階へあがる螺旋《らせん》階段の付近にも、人影は見当たらない。

――よかったです。これでやっと返せます。

ニナは金貨袋を持つ手に力をこめる。黙々と打ち込みをするフォルビナを眺め、切りがいいところを待った。

上段、中段、下段。架空の相手を見立てて踏みこみ、反転して跳躍し、大剣を高い位置から打ちつける。

すでに覚えた訓練の流れを追っていたニナは、フォルビナの様子がいつもとちがうことに気づいた。腕の振りに足さばき。どこかちぐはぐで、ずれていく芯を無理に合わせているような。

自然と身をのりだしたニナの目の前で、フォルビナが唐突《とうとつ》に膝を折った。

「！」

ニナは声をあげかけた口元に手をやる。

反射的にあたりを見まわしたが、人目がない機会を待っていたのだ。助けになりそうな人は誰もいない。

通路の先に見えるフォルビナは腕をおさえて身体《からだ》を丸めている。眉《まゆ》をよせたニナは唇を結ぶと、靴音《くつおと》を鳴らして駆けよった。

「あの、だ、大丈夫ですか？」

うずくまるフォルビナは答えない。

右腕は大きく揺れ、顔面は蒼白で呼吸は速い。ニナは宿舎への螺旋階段を見あげた。城下で遭遇《そうぐう》したときと似ている状態だが、自分は医師ではない。けれど助けを呼べば後遺症を抱えていることが、キントハイト国騎士団に知られてしまう。

——ど、どうしたら。

迷ったニナの目が、足元に落ちている大剣にそそがれた。城下で目撃した光景。あの大剣の柄頭《つかがしら》にはたしか——

ニナは大剣の脇にかがむ。

丸い形の柄頭を指で探り、線状の模様に見える部分に爪をかけると、貝のようにぱかりと開く。なかには黒々とした丸薬が二粒、真珠《しんじゅ》のごとくひそめられている。

急いで取りだそうとしたニナの手に、ふるえる指がかけられた。視線をやると、至近距離にフォルビナの険しい顔があった。

「やめろ。この程度なら……おさまる」

「え。あの、でも」

「よけいなことをするな。薬は、もうそれしかない……。明日と決勝とのぶんだ。いまここで……使うわけにはいかない」

覚束《おぼつか》ない手つきで大剣の柄をにぎり、柄頭をもとに戻す。

フォルビナは大きく息をした。この程度ならと本人が言った通り、しばらくすると山場はこえたのだろう。対応にまどい、石造りの床に膝をついた姿勢のままのニナに、固い口調で告げた。

「ここはキントハイト国騎士団専用の訓練場だ。他国の騎士団員が入っていい場所ではない。ほかのものに見つかるまえに、はやく立ち去れ」

ニナは細い肩をびくりとちぢめる。

自分を見すえる青灰色の瞳は冷たい。開会式でも同じ目を向けられたと思いだしたニナは、突き刺さる視線から逃れるように金貨袋を差しだす。

緊張にもたつく手を、ぐいとのばした。

「す、すみません。これをお返ししたくて」

「返す?」

「あなたに渡されたお金です。う、受けとれません。でも約束は守ります。これをお返しできれば、どこかでお会いしても、知らないふりをします」

フォルビナは探るような表情をする。

しばらくして布の小袋を受けとった。ニナは肩の力を抜くと、床におかれた大剣に目をやる。

「……あと、まちがいかも知れないんですけど」

命石《めいせき》よりも小さいくらいの柄頭を眺め、迷ったすえに切りだした。

「城下であなたから薬箱を盗《と》った男の人、審判部にいるかもしれません。顔はわかりませんが、背格好と足音が似ていて、あの、片足が義足みたいなんです。でもその、絶対にそうだとは、言いきれないのですが……」

話しながら自信がなくなってきたのか、最後はもじもじと小さな声で。

フォルビナは眉をひそめる。

「だからなんだ？　その男がどこの誰だとて、それがおまえと関係があるのか？」

「か、関係はないですけど、でも薬が。男の人が見つかって、盗られた薬箱が戻ってきたら、いまみたいなときに飲むのを我慢しなくてすむかなと思って。わたしは病気のことには詳しくないですけど、苦しそうだし、少しでも楽になればと」

フォルビナの身体が揺れた。

また症状が出たのかとニナはあわてたが、そうではない。フォルビナは笑っていた。片膝を立てた姿勢で座りこみ、低く喉をふるわせる。

朝の冷気がしんと満ちた訓練場に、乾いた笑い声がひびいた。戸惑うニナに、フォルビナは唇の端をゆがませる。

「おまえはなにを言っている？　キントハイト国とリーリエ国の第二競技は明日だ。対戦相手国の騎士の心配をするなど、ずいぶんと余裕だな。それとも情けをかけ、競技に手心を加えてもらう算段なのか？」

「そ、そんな。わたしは」

「……いや、余裕であっても当然か。マルモア国との第一競技を見たぞ。同じ軍衣をまとい同じ競技場に立ちながら、おまえはちがう。雛鳥《ひなどり》のごとく守られてのぞむ競技に、恐怖を感じるわけもない」

「ちがう？　あの、それってどういう」

ニナは頼りない声でたずねる。

フォルビナはニナの手元に目を落とした。

左手の指に光るのは、国章の白百合《しらゆり》を戴《いただ》いた指輪。正角型の印台のなかに、知恵と勇気をあらわすオリーブの葉を秘めた〈騎士の指輪〉だ。

フォルビナはその輝きを否定するように、眼光を鋭くする。

「リーリエ国の白百合は嵐に屈しない気高さを意味すると聞いたが、それを守る騎士団は意外とふぬけの集団らしいな。騎士として対等ではないものに、証《あかし》の指輪を易々と許しているなど」

「対等ではないもの……」

「なにが〈少年騎士〉だ。あのガウェインを倒したものは、どれほど勇敢《ゆうかん》な騎士かと想像していた。体格や力の差をはねのける誇り高さを持っていると思っていたが、とんだ期待外れだ。おまえはあんな戦いぶりを晒《さら》し、恥ずかしくないのか？　金髪の騎士に大剣を捨てさせてまで守られた。惨《みじ》めに庇護《ひご》されて負傷を免れたとて、それになんの意味がある？」

恥ずかしくないのか――

フォルビナの言葉がニナの胸に重く刺さる。

マルモア国との第一競技が頭をよぎった。

リヒトは不用意にニナを庇《かば》って命石を打たれた。兄はリヒトがニナを侮辱《ぶじょく》していると断じ、おまえはそれでいいのかと問うた。赤毛の女騎士は憐《あわ》れんで告げた。あんたはすごいけれど、〈お姫さま〉なんだね、と。

恥ずかしくないのか――

騎士として対等ではない、文字通り〈守られるだけ〉の存在。騎士団の勝利のために捨ててもらえない、捨てるだけの信頼を認められていない存在。

ニナはやっと気づく。

聞いた瞬間からもやもやと心を苛《さいな》んでいた、あの言葉は。

――わたしは〈同じ騎士〉として扱われていない。〈お姫さま〉って、そういう。

ニナは力なく両腕をさげる。

まるで殴《なぐ》られたあとのように呆然《ぼうぜん》とする姿を、フォルビナは静かな目で眺める。やがてふいと顔をそらした。辛辣《しんらつ》な言葉を吐いたはずの唇は、なぜか痛みに耐えるようにきつく結ばれている。

フォルビナは立ちあがった。誰かが来るまえにはやく出ていけと言いおき、螺旋階段をのぼっていく。

残されたニナはふらふらと歩きだした。

薄暗い通路を抜けて共同訓練場に戻る。

足を踏み入れた瞬間、明かり取りの窓から射しこむ陽光につかのま視界を奪われた。細められた青海色《あおうみいろ》の瞳に、隅の方で三対三をしている騎士たちの姿が映る。大剣を振い盾を駆使し、攻守を自在にあやつって躍動する騎士たちの姿を見ていると、自分の異質さをあらためて自覚した。

――わたしがちがうのは当然です。

非力で小柄で大剣が扱えない。風みたいに駆け抜ける足もない。唯一使える短弓《たんきゅう》は、競技場という範囲内で命石を奪いあう戦闘競技会制度において、使用そのものが想定されていない武器だ。防御に薄く、誰かに守られなければ案山子《かかし》同然に狩られてしまう。だから自分がほかの団員たちと対等でないのは、ある意味であたりまえだ。

――でも、あの言葉は。

フォルビナや赤毛の女騎士が告げた言葉は、そういう意味じゃない。

たとえばニナが大剣を使っていたとしても同じだ。彼女たちはニナの特性ではなく、存在そのものを哀れんで否定したのだ。騎士の指輪をともに戴くリヒト。恋人ではあるが同じ騎士であるリヒトが、騎士団や勝利よりもニナを優先したこと、そのものを――

「――ニナ？」

甘さをふくんだ明るい声。

気がつくと目の前にリヒトの姿があった。

「そろそろ食堂に団員たちが集まったから、呼びに来たんだけど……って、どしたの？　辛《つら》そうだし顔色もよくないね。調子悪い？　明日は第二競技だし、無理しない方がいいよ。朝食は軽めにして、いちおう副団長に診《み》てもらおうか」

心配そうにのぞきこみ、ニナの頰《ほお》を優しくなでる。

明日、と小さくつぶやいて、ニナはリヒトを見あげた。

第二競技の相手はキントハイト国だ。優勝候補である強国との一戦に、ゼンメルはここ最近、戦術図を前に難しい顔で腕を組んでいる。

厳しい戦いが予想される明日の競技で、また同じことが起こったらどうしよう。助けてもらえれば嬉しい。同時にこんな自分なんかをと、切なくて申しわけない気持ちになる。だけどそれが失う必要のないリヒトの命石や、騎士団の勝利を損《そこ》なうことにつながったら。また〈お姫さま〉として扱われたら、そうしたら自分は――

深い海色の目が戸惑いに揺れる。

リヒトはそんなニナをじっと見おろした。

うーんと迷ったふうに頭をかく。訓練場の端をちらりとうかがうが、三対三をしている騎士たちはこちらに注意を向ける様子はない。

心を決めたように、リヒトは小さく息を吐いた。

「やっぱり話した方がいいかな？　どうしようか迷ってたんだけど、ニナの弓筋《ゆみすじ》は心だからね。それに心配事のせいで集中できなくて怪我《けが》の原因になったら、おれとしては本末転倒だからさ」

唐突《とうとつ》な言葉に、ニナは戸惑いをあらわにする。

「話した方がいいって、あの」

「マルモア国との一戦から、ニナは悩んでることがあるでしょ？　本当はもう少し待つつもりだったんだよね。おれの目を見なくても気づかないふりをして、やたらと訓練場に行くのも、ひとりで考える時間も必要かなって遠慮《えんりょ》した。はっきり言うと、団長やロルフに指摘されたことだよね？」

「リヒトさん……」

ニナはおどろいた顔をする。悩んでいたニナに対し、この三日間、リヒトはあくまで普通に見えた。明るくて気さくで、とくになにか考えている様子はなかった。

内心の思いが表情に出ていたのだろう。恋人でしょ、そんな意外なことかなと、リヒトは少し寂しそうに笑った。

リヒトは訓練場の壁際に移動する。

長い話になると思ったのか、腰をおろして隣を軽くたたいた。

おずおずと座ったニナに、大丈夫だから、遠慮しなくていいよ、と優しくうながす。

ここまでされては、もう話さないわけにいかない。それにフォルビナの厳しい言葉が、迷うニナの心を追いたてる。

抱えた膝を見つめながら、ニナはためらいがちに語った。

マルモア国との第一競技について、ゼンメルや兄の指摘は正しいと思っていること。リヒトが自分の安全を優先してくれる気持ちは本当に嬉しいけれど、そのことで騎士団に不利益が生じたり、リヒトが退場する結果になるのはちがうと考えていること。

こんな話をしていいのだろうか、不快にさせたりしないだろうか。リヒトの顔が見られず、膝ごと強くおさえられたサーコートの裾《すそ》には、きつくしわがよっている。

「盾であるリヒトさんがいなければ競技場に立てないわたしが、意見するのは図々《ずうずう》しいって思うんです。で、でももし、わたしを守ることと騎士団の勝利と、どちらか選ばなければならない状況になったら。指輪を許されたリーリエ国の騎士として、勝つことを、選択すべきではないか、と」

言い終えたニナは身体《からだ》の底からの吐息をもらす。

リヒトは無言だ。

しばらく待ったニナだが、長い沈黙に耐えられず、おそるおそる隣を見あげる。

リヒトは両手をついて天井を向いていた。

明かり取りの窓から中庭の下草が見える半地下の共同訓練場。射しこんでくる陽光にまぶしそうに目を細め、しみじみとした声で言う。

「……ニナはやっぱり真面目《まじめ》だよね。女の子によってはさ、むしろ騎士団よりわたしを優先してよってなるとこじゃない？　だけどちがうんだよね。ほんとに綺麗《きれい》で真っすぐなの。おれね、ニナのそういうとこすごい好き」

「リヒトさん……」

半泣きで表情をゆるめると、リヒトが首をかしげて視線だけよこす。

甘くととのった横顔に、やんわりした微笑《ほほえ》みが浮かんだ。笑ってくれたし怒ってもいない。理解してもらえたのかとニナは思ったが、リヒトはいつも通りの明るい口調で、はっきりと告げた。

「でもごめんね。ニナの気持ちはわかったけど、それは無理」

「無理って……」

「もちろん競技会では普通にがんばるよ？　ニナの盾となってニナが一個でも命石《めいせき》を奪えるよう、リーリエ国が勝つために全力をつくす。だけどいざってときの対応？　騎士団とか勝利とか自分の命石とか。おれはニナよりほかのものを優先するとか、悪いけどできないかなーって？」

「できない……」

ニナは言葉を失った。

リヒトは膝を抱えたままのニナの手をとった。

並べれば大人と子供ほどに大きさがちがう。貴族的な顔立ちとは不釣り合いな、柄をにぎる部分が固くなった手で、リヒトはニナの小さな手を包みこんだ。力をこめれば折れそうな指を、柔らかくなでながら口を開いた。

「あのさ、まえに話したことあったよね。おれが〈リヒト〉の名前を否定されるのが嫌で、騎士になったって。母親が残してくれた唯一のもの。それに特別な価値をつけて、誰にも消されないようにするのが覚悟だったって」

「あ、は、はい」

「だからガルム国との裁定競技会に連敗して、ベアトリスがガウェインとの婚姻を強要されそうなときも、自分の覚悟にこだわった。騎士の価値は破石数だからって、勝つために〈盾〉になって欲しいってデニスの提案にうなずけなかった。……あとから考えるとおれはさ、過去のために剣を振るってたんだよ」

「過去のため？」

「うん。おれの手からは大事なものがいくつもこぼれ落ちたけど、せめて〈残された名前〉だけは守りたいってさ。だけどデニスは自分を殺させてまで、ガウェインを出場停止処分に追いやった。おれはすごく後悔して、それじゃあ駄目だって。母親が残した〈リヒト〉の名前も大切だけど、いま目の前にあるものを守ろうって思った。だから騎士団員として殉《じゅん》じたデニスの覚悟と、唯一の家族といってもいいベアトリスのために、ニナの〈盾〉になることを決めた」

時間的にはたった半年ほどまえ。リヒトがニナを見つけたのはキルヒェムの街だった。ほんの一つ偶然がずれたら、決して邂逅《かいこう》することはなかったろう。まるで西方地域を司《つかさど》る女神マーテルの恵みのごとき、あの出会い。

そのころを思い描くように、リヒトはつづける。

「そうしてガルム国に勝利して、デニスの意志もベアトリスも守ることができた。それであらためて、じゃあいまのおれの大事なもの、失いたくない存在はなにかなって考えたら、それってニナなんだよね」

「わたし……ですか？」

目をまたたくと、リヒトはうん、と小さく笑う。にぎっていた手の、指と指を交差するようにあわせた。

その顔に浮かぶのは笑顔だ。けれど新緑色の瞳には諦めに似た、強い感情がゆらめいている。

「仮入団のころからそうだったけど、恋人になってよけいに思うようになった。欲しくて欲しくて、承諾《しょうだく》の返事をもらってすごい嬉しくて。だけど同時に、おれのだって言える存在になったニナを、無くすのが怖くなった」

「リヒトさん……」

「距離感がつかめなくて緊張してたって、このまえ言ったでしょ？　あれもつまり同じなんだよ。なにか失敗して、嫌われて離れられるのが不安なんだ。母親とか、いままで失った大事なものみたいに。ニナを無くすのが、おれは怖くてたまらない」

リヒトはからめた指に力をこめる。

その手をすり抜けた大切なものを思い、今度こそは、決して失わないというように。

「ロルフが言うみたいにニナを馬鹿にしてるわけじゃない。ただ心配なだけなんだ。戦闘競技会に絶対はないからさ。このくらいなら大丈夫って見過ごして、もし大怪我になったら？　騎士としての命じゃなくて、ニナそのものが失われることになったら？　だからおれは、ニナより騎士団を優先することは、悪いけどできない」

◇◇◇

「ニナ、そろそろ装備品を控室に——あらやだ、寝ちゃってるの？」

ぼんやりと曖昧《あいまい》な意識にひびいた艶《あで》やかな声。

ニナははっと目をあけた。

ここがどこでなにをしているのか、一瞬だけ見失う。長椅子《ながいす》に横たわる自分の頬に、のぞきこむベアトリスの金色の髪がさらりとかかっていた。

視線をめぐらせると、周囲には矢筒《やづつ》と数十本の矢が散らばっている。夕食後、部屋に戻って明日の第二競技の支度《したく》をしていた。しかし矢数を確認しているうちに、どうやらいつのまにか眠りこんでいたらしい。

すみません、とあわてて身を起こす。

長椅子をおりて矢を集めはじめると、ベアトリスはニナの肩に手をかけた。

「不備があると困るし、急がなくていいわ。とりあえず甲冑《かっちゅう》と兜《かぶと》だけ先に持っていくわね。検品の開始まではまだ時間があるから、そんなに焦らなくて大丈夫よ？」

とんでもない、自分ではこびます、と恐縮するニナにとりあわない。ベアトリスは壁際の長棚《ながだな》に向かう。甲冑と兜を麦束のようにひょいと小脇に抱え、また来るわね、と部屋をあとにした。

残されたニナは肩を落として下を向く。大事な作業の途中で眠ってしまったことも、王女殿下に雑用をやらせてしまったことも。情けない気持ちのまま、散らばった矢を拾い集めた。

鋼《はがね》の矢尻と木製の芯に水鳥の矢羽根。

あらためて一本一本確認し、二十本ほどを矢筒に入れる。残りの四十本ほどは予備だが、それも検品を受ける必要があるので、簡単に紐でくくってまとめた。

ちょうど終わったところで扉がたたかれる。ベアトリスの姿が見えるなり、ニナは姿勢を正して頭をさげる。迷惑をかけたことへの謝罪とお礼を述べた。大げさね、と笑うベアトリスは、木盆を抱えていた。

「準備はできてる感じ？　ならちょうどいいわね。夜食を作ってきたのよ。いっしょに食べましょ」

「え、あの、作ってきたって」

「そんな期待しないで。ハンナの酢漬け野菜と残り物のハムをはさんだだけのサンドイッチよ。薬湯は副団長がいれてくれたわ。ニナ、今日は朝から食欲がないし妙に疲れてるし、さっきも寝ちゃってたでしょ。明日は第二競技だし、念のためにね」

ベアトリスは窓際の丸卓に向かう。

椅子をひいて、さあ、とうながされ、ニナは席に座った。小さめの一切れに手をのばすと、大きめのものと取りかえられる。そんなんじゃ前半も動けないわよ、と言われ、すみません、と謝ったが。

——明日の第二競技、こんな状態で本当に……。

ベアトリスに指摘されるまでもない。朝の訓練場でリヒトと話してから、なにかがつまった感覚のする喉《のど》に、分厚いサンドイッチを無理やりに押しこむ。

フォルビナの厳しい言葉に後押しされる形で、もやもやした気持ちを正直にリヒトに伝えた。でも想像以上に真摯《しんし》なリヒトの考えを知らされ、結果は平行線なままだ。行動する側のリヒトがそのつもりなら、第二競技でまた同じ状況になった場合、リヒトは騎士団よりもニナを優先するのだろう。

――いまのおれの大事なもの、失いたくないものはなにかなって考えたら、それってニナなんだよね。

あんなふうに言われて嬉しくないはずがない。恋人だと説明しても笑われただけの外見で、気のきいた受け答えもできないし、行動するよりもうろうろ考えている方が多い。恋人同士がどういう関係かも自信がなくて、リヒトにはきっと、考えている以上の負担をかけていると思う。

そんな自分のどこがリヒトの心の琴線《きんせん》に触れたのかわからない。いまだになにか盛大なかんちがいをしているのではと心配になるほど、リヒトはニナを大事にしてくれている。

じゅうぶん過ぎるほど幸せだ。けれど騎士の自分を考えたとき、やはりどうしてもいたたまれない。団舎の十字石に名前を刻まれた歴代の国家騎士団員に、顔向けができない気がする。古代帝国の〈最後の皇帝〉に誠心を捧げた破石王アルサウの血筋や、ためらいつつ村から送り出してくれた両親にも。

それでいいのかとたずねた兄は、あれ以来なにも問わない。けれど問わないことそれ自体が、よく考えろという意味ではないのだろうか。

ニナが思いをめぐらせているあいだに、ベアトリスは次々にサンドイッチを口にはこぶ。大きめの丸パンを十六等分。八切れ作ったうちの七切れをぺろりと平らげ、満足そうにお腹をおさえる。

いまだ一切れ目の半分も食べていないニナに、やれやれと苦笑した。

「で、ニナの食欲不振の理由って、やっぱりリヒト？　非日常がうまくいきすぎて、制御がきかなくなっちゃったかしら？」

「せ、制御？」

「ちがうの？　じゃあマルモア国の一戦かしら。喧嘩《けんか》でもした？　それとも気まずくなってる？」

「――っ!?」

ニナは噛《か》みちぎったパンの欠片《かけら》を喉につまらせそうになる。

すんでのところでのみこんだ。どうして知っているのかという表情をすると、ベアトリスは小首をかしげる。

「今日なにがあったかは知らないわよ。でも第一競技の夜にね、リヒトと城下の酒場に行ったとき、いろいろ聞いたの。なんか行き詰まってるみたいだからつれ出したんだけど、まあ悪いお酒でね。ヴェルナーたちは途中で逃げちゃうし、トフェルとオドを呼んだり、つれて帰るの、本当に大変だったわ」

ニナは第一競技の翌朝、食堂に来るのが遅かったリヒトを思いだす。

前日にそんな出来事があったなんて知らなかった。真剣に向き合っていてくれたことにも気づかなくて、表面上は変わらない姿に、自分だけ悩んでいると勝手に思いこんでいた。自責の念が胸を苛《さいな》む。ますます食べられなくなったニナに、ベアトリスはつづける。

「わたしの口からどこまで話していいのか、正直わからないわ。リヒトは大事な家族だけど、知らないことや踏みこめない部分もあるし。だからこれはあくまで、わたしが話したいから話すのよ？」

「えと、は、はい」

「リヒトがなんであんな面倒で極端なのかって。擁護《ようご》になっちゃうけど、異母姉として一つだけ。女官だったリヒトの母親は父王陛下の寵《ちょう》を受けて、当時の王妃——わたしの母さまの不興をかって国を出された。シレジア国の貧民街で育って、母親の死後、ほかの庶子《しょし》たちとあわせて王城に引き取られた。ここまでは聞いてるわよね？」

「はい。仮入団のころに」

「……その引き取られた当時のリヒトね、〈黄色い鼠《ゲルプ・ラッテ》〉って呼ばれてたのよ」

「黄色い鼠？」

ニナは眉《まゆ》をひそめる。聞いた瞬間、たしかな悪意を感じた。

身を固くしたニナに、ベアトリスは形のいい柳眉《りゅうび》をひそめる。

「その呼び名を考えたのはわたしの兄王子よ。本当に心ない酷《ひど》いあだ名だわ。そのことへの批判は批判として、わたしが言いたいのは、リヒトがそう揶揄《やゆ》されるほど、痩《や》せて小さかったってことなの。十歳のときに、わたしより頭一つ分以上は背が低かったと思うわ」

「リヒトさんが痩せて小さい……？」

ニナは戸惑いをあらわにする。

すらりとした長身に貴族的にととのった顔立ち。長毛種の猫を思わせる金髪も明るい新緑色の瞳も品があって、いまのリヒトは王子さまそのものの外見をしているけれど。

ベアトリスは艶やかな声に非難をこめて言う。

「リヒトが育った酒場はね、慈善《じぜん》事業じゃなくて労働力として、リヒトの母親みたいに身寄りがない人や、孤児を引き取ってたんですって。食べ物も満足に与えられなくて、病気で死んだ子供とか売られた子供とか。とにかくリヒトはそこで、とても苦労したみたいなの。大事な人や大切なものを、たくさん失ってね」

「リヒトさんが……」

「だから経験したぶん、喪失の重さとか怖さに対して、普通より過敏っていうの？　ガルム国との裁定競技会のときは目先のことに夢中で、ニナに対しても思いを打ち明けてなかった。だけど一段落してニナとも恋人になれて、満たされたから、よけいに失うことが不安になったんじゃないかしらって思うの」

――母親とか、いままで失った大事なものみたいに。ニナを無くすのが、おれは怖くてたまらない。

早朝の訓練場でリヒトが告げた言葉。

うつむいたニナの姿に、ベアトリスは苦笑する。

「だからって、そんなリヒトにすべて合わせろって意味じゃないのよ。ただ一方的なわがままみたいに捉えられたら、少し気の毒かしらって思ったから」

「わがままなんて、そんな」

「ニナにはニナの考えがあるし、それを尊重するのは当然のことよ。……でもやっぱり、恋人同士が同じ騎士団にいるって難しいのね。ニナは、マルモア国騎士団では騎士団内の恋愛が禁止されてるって、知ってる？」

「いえ……初耳です」

「何年かまえにね、いまのニナとリヒトと同様のことがあって、騎士団が分裂する騒ぎになったんですって。理屈で割り切れない部分もあるし、だったら禁止して面倒を未然に防止することにしたみたいよ。そのかわりじゃないけど、マルモア国騎士団の女騎士たちは、前夜祭なんかでは積極的よね。貴族諸侯でも他国の騎士でも、めぼしい相手を見つけては声をかけてるわ」

競技場の中と外では別人に見えたマルモア国の女騎士たち。納得した顔をするニナの頭を、ベアトリスはぽんと軽くたたいた。

「判断はニナに任せるわ。自分がなんのために競技場に立つのか、騎士の覚悟はそれこそ、騎士の数だけあるんだから。ちなみにわたしは、ニナみたいに強くなることね」

「え？」

ニナは目をまたたいた。頑健な騎士のなかにあって見劣りしない体格と剣技。気高く強く美しい、リーリエ国の〈金の百合《ゴルト・リーリエ》〉とうたわれる王女がなにを言うのか。

途方にくれた顔をすると、ベアトリスは柔らかく微笑《ほほえ》んだ。

「たしかにニナと素手でやりあうなら、片腕でじゅうぶんだわ。でももしニナがいなかったら、いまごろわたし、ガルム国の猛禽《もうきん》の巣穴で、望郷の歌をうたってたかも知れないもの」

「王女殿下……」

「そうじゃなくて心のことよ。ガルム国との裁定競技会で、わたしはふるえる足を必死でおさえてただけ。ニナは怖くても走ることができた。そういう意味の強さね。強くなって今度こそ、王女として胸を張って、リーリエ国を守れたらって思うわ」

軽食を食べ終えたベアトリスとニナは、短弓《たんきゅう》と矢筒《やづつ》を抱え、居館の一階へと向かった。

一階の両端にあるのは競技場につながる東西の控室。東側の扉の前に立つ審判部に身分証明書代わりの騎士の指輪を見せて、鍵《かぎ》をあけてもらう。

ベンチや木卓があるだけの簡素な小部屋には、壁際に木箱が並べられている。衣装箱の半分ほどの大きさの木箱にさげられているのは、出場騎士の登録名の書かれた札だ。出場騎士は使用する装備品を前日の段階でおさめ、国家連合審判部の検品を受けたのち、翌日の競技で使用する決まりとなっている。

ニナは自分の木箱に短弓と矢筒を入れた。そのまま宿舎に戻ろうとすると、キントハイト国が使用する西の控室から審判部が出てくる。

四女神の描かれたサーコート姿の男は長細い木箱を抱え、廊下《ろうか》の奥へと向かった。突きあたりには居館の側塔につながる扉があり、その前には見張りの兵が立っている。参加国の宿舎にあてられることが多い居館の東塔と西塔は、今回は国家連合が業務をおこなう場所として、一般の入室が禁じられている。

なんとなく視線を向けていたニナに、先に回廊に出たベアトリスが声をあげる。

「やだ。星が見えなくなってる。団長も気にしていたけど、大丈夫かしら。どうも二、三日中には降りそうな空気なのよね」

見事なくびれに両手をあて、ベアトリスは深い緑色の目で夜空を眺める。

中央火山帯に近いマルモア国の大地は、乾けば滑りやすく、水気を含むと泥濘《ぬかるみ》となる。競技時の足場が悪くなることを心配したのだが、ひとまずそれは杞憂《きゆう》に終わった。

翌日のマルモア国は早朝からの曇り空となったが、たとえ豪雨であっても、競技場の状態を案ずる必要はなかっただろう。

キントハイト国の騎士フォルビナの武器に不正が見つかり、第二競技は開始直前で、中止のはこびとなったのだ――

4

「――審判部の説明によると、つまりは検品に出されたその女騎士の大剣に、硬化銀《ウルリル》製の疑いがあるとのことだ。製造に所持に使用。あらゆることが制限されている、いわば火の島の禁忌《きんき》に等しき武器を、よもや西方地域杯に持ちこむとはな。甲冑《かっちゅう》の蝶番《ちょうつがい》の不備や、兜《かぶと》の命石《めいせき》の位置が規定範囲を逸脱して注意されることとは、わけがちがう」

ゼンメルは腕を組んだ。痩せた老躯《ろうく》の奥底から発するような、深いため息をつく。

ミラベルタ城居館一階の、東側の控室。

説明を受けたリーリエ国騎士団はすぐに言葉が出ない。首を横にふるものや顔を見あわせるもの。想定外の事態に、ただおどろき呆然《ぼうぜん》としている。

異変を知らされたのは当日の朝だ。検品を受けた装備品を身につけて段取りの最終確認をすませ、さあ競技場に向かおうという矢先のことだった。

ばたばたと慌ただしい足音が迫り、乱暴にたたかれた扉。焦った様子の審判部があらわれ、団長ゼンメルを控室の外につれ出した。やがて戻ってきたゼンメルは険しい顔で、なにごとかと案じた団員たちに第二競技の中止を告げた。はあ、と驚愕《きょうがく》の声をあげた団員たちにまずは武装をとかせ、ようやく事の次第を説明したのだった。

強敵との一戦に騎士として高めた闘志と集中が断ち切られ、感情のもって行き場がない。しかも検品で注意される程度ならともかく、硬化銀の大剣など、状況によっては国家連合の長《おさ》たる議長が動いても不思議はない案件だ。

いまだ対応にまどう団員たちを、ゼンメルはおもむろに見まわした。

「前日に預けられた装備品は規定どおり、夜明けごろより検品にかかったそうだ。競技会直前まで判断が長引いたのは、ただの不備では片づけられぬ事態に、複数人で慎重に鑑定をかさねた結果だと。件《くだん》の女騎士フォルビナは現在、正審判による取り調べを受けている。今後についてはおって連絡するとのことだが、突然の中止で審判部も混乱して――どうしたニナ？　気分でも悪いのか？」

声をかけられ、ニナは肩をはねさせる。

そばにいたリヒトが腰をかがめてのぞきこんだ。

心なしか潤んだ青海色《あおうみいろ》の目と、血の気を失った唇。おどろいたリヒトが手をのばした。額や頰《ほお》に触れ、冷たいよ、ねえ大丈夫、と焦った声を出す。

「な、なんでもないです。ただちょっと、急だったから、びっくりして」

ニナはぎごちなく答えた。

――そうです。だ、だってまさか、フォルビナさんが。

なおも心配そうなリヒトに微笑《ほほえ》み、サーコートの裾《すそ》をぎゅっとにぎる。

キントハイト国の女騎士が武器の不正で審判部に拘束《こうそく》された――事態を告げられ衝撃を受け、その名前を聞かされて愕然《がくぜん》とした。

ひょんなことで知り合ったキントハイト国の女騎士フォルビナ。最初に感じたのは、なにかのまちがいではないかという否定だ。会話は数えるほどで、友誼《ゆうぎ》を育《はぐく》んだわけでもなく、厳しい言葉を受けただけ。けれどそれでも、フォルビナは不正に手を染める人物には見えなかった。

地下訓練場で黙々と打ち込みをしていた姿や騎士のあり方を問いただした姿。初めて交代騎士になれたという彼女は、正騎士の証《あかし》である〈獅子の王冠〉のため、古傷の後遺症をおしてまで競技会での功績を求めていた。だからといって禁じられた硬化銀の大剣を使う人ではないと思う。でも同時に、〈見える神〉たる国家連合の審判部が、検品で過ちを犯すとも思えない。

考えこむニナの髪がふと揺れた。

気づけば地鳴りに似たざわめきが、控室の硝子窓《ガラスまど》をふるわせている。

窓の外に目をやるが、回廊《かいろう》でつながる大競技場とは距離がある。灰褐色《はいかっしょく》の大地を動く人影がなにをしているかはわからない。けれど耳をすませれば怒声や悲鳴、制止の叫びが聞こえてくる。

キントハイト国は優勝候補とされ、団長イザークは彼を目当てに観戦に来るものもいる破石王《はせきおう》だ。おそらくは突然の中止発表に観客が騒ぎだし、審判部が対応に追われているのだろう。

同じく窓の向こうに目をやったゼンメルが、やれやれといった顔で団員を見まわした。

「ともかくは待機だ。一万人規模の観客誘導は審判部だけでは心許《こころもと》ないかも知れぬ。移動時の転倒事故をはじめ、すりに迷子、中止に激高《げっこう》した観客が乱闘を起こす可能性もある。不測の事態に対処できるよう、おまえたちも気を抜かずにな」

落ちついた指示に承知、と団員たちが拳を肩にあてたとき、扉の向こうから声がした。

ゼンメルがいらえを返すと、四女神の軍衣をまとった男があらわれる。先ほど第二競技の中止を伝えにきた審判部は、対応でてんやわんやなのか、すでに疲労の色が濃い。

言いづらそうに口を開いた。

「ゼンメル団長、突然で申しわけないのですが、居館の西塔に来ていただけませんか？

件の大剣の鑑定に、ご協力を願いたいのです」

「鑑定なら審判部がおこなったのではないのか？　それにわしは、キントハイト国の対戦相手であるリーリエ国の団長だ。中立的な調査という意味では、いささか具合が悪かろう」

「装備品についてのゼンメル団長の高名はうかがっております。以前にも内部に武器を仕込んだ細工《さいく》甲冑《かっちゅう》を、競技場に整列した段階で見抜いたことがあったと。今回は事が事ですので、専門家の意見は一人でも多い方がいいと正審判が申しております。またキントハイト国のイザーク団長も、それを望んでおります」

「キントハイト国の団長が？」

ゼンメルはふむ、と白髭《しろひげ》をなでる。

博士めいた知的な相貌《そうぼう》に思案の色が浮かんだ。不安そうに返答を待つ審判部に、やがてうなずきを返した。

「……なるほど。そういうことなら、承知した」

審判部はホッと息を吐く。

ゼンメルは副団長クリストフに、自分が不在のあいだの指揮を任せた。先に部屋を出た審判部のあとにつづきかけ、ふと思いついて足を止める。

「そうだな。ニナ、おまえも来るといい」

わたしですか、と戸惑うニナを呼びよせる。顔を近づけると、さりげない小声で告げた。

「わしはおまえと、西方地域杯の荷物の支度《したく》をしたな？　そしてそこで、〈なにか起こった場合〉にそなえた。覚えているか？」

「あ……は、はい」

静かな眼差《まなざ》しを向けられ、ニナはうなずく。

マルモア国への出立前日《しゅったつ》、団舎の武具庫から装備品を運びだした。その際にゼンメルから見せられた——音を聞かされたもの。細長い木箱に厳重に納められていた硬化銀の大剣。万が一のためにと言われて、その万が一がこんな早く来るとは思わなかったけれど。

ゼンメルは薄く笑った。

「〈それ〉を知るものの耳と目は多い方が確実だ。まして耳はともかく、わしの目は命石を狙えぬほどがたがきている。おまえの弓術を支えているのは身体《からだ》の使い方と優れた目だ。来てくれれば、わしも心強い」

つづいてトフェルに声をかける。

審判部が来た時点で退屈していたトフェルは、休憩用の果実水を勝手についで飲んでいた。

トフェルはなんでおれが、という顔をしたが、控室で待機よりはましだと思ったのだろう。また居館の西塔と東塔は、国家連合が業務をおこなう場として一般の入室が禁じられている。通常なら縁がなかった場所に入れるということで、鼻歌まじりに木杯を置いた。

「ゼンメル団長おれは？　ニナが行くなら、もちろんおれも行っていいですよね？」

　リヒトがあわてて言う。

　ゼンメルはしかし首を横にふった。

「興味のある対象物しか視界に入らないものは駄目だ。軽口をへらへらたたかれても鑑定の邪魔だし、大人しく留守番しておれ。悪戯妖精は悪戯《いたずら》を好むゆえに注意力に長《た》けているからな。……ロルフはなぜ堂々と扉に向かっている。そんな不本意そうな顔で睨《にら》むな。競技場の中と外で対応がちがいすぎるのも難儀《なんぎ》だな。おまえの大事な子兎《こうさぎ》を、別にとって食ったりはせんよ――」

◇◇◇

　公式競技会の開催を許可された公認競技場には、小・中・大の三つの競技場を基本とし、観覧台のある居館に対戦国が宿泊できる二つの塔をそなえていることが多い。ミラベルタ城の場合は居館の南側に競技場、北側に円形の中庭があり、その中庭を十個の小塔が囲んでいる。

地下に訓練場を持つ小塔は参加各国の宿舎とされているが、居館の両脇にある側塔は国家連合の審判部が使用し、実際の審判から装備品の検品、観客の誘導から貴人の接待に至るまで、さまざまな業務を分担しておこなっている。

今回の西方地域杯に随行《ずいこう》した審判部の数はおよそ五百名。四女神《デア・ファアトス》の意匠《いしょう》を胸に戴《いただ》き、火の島を平和で支配する国家連合の手足としてその役目を果たしている。


控室を出たゼンメルらは審判部の先導で、居館の奥にある西塔への扉に向かった。見張りの兵の許可を受け、そのまま塔内部へと入る。

螺旋《らせん》階段をあがった二階。大扉の先に足を踏みいれた途端、なかにいた審判部が歩みよってくる。大仰《おおぎょう》な挨拶《あいさつ》を軽い会釈《えしゃく》でいなしたゼンメルにつづき、ニナが入室すると、中央付近の長机が軽くざわついた。

団舎の食堂くらいの広間には、十数個の長机と椅子《いす》がおかれ、窓際には四女神の旗が掲《かか》げられている。審判部が打ち合わせをおこなうための部屋なのか、調度品《ちょうどひん》の類《たぐい》はなく、殺風景な印象だ。そして中央には軍衣姿の男たちが十数人、国ごとに長机をわけて座っていた。

サーコートは漆黒《しっこく》に獅子と剣、緑に麦穂、紫に白い天馬。リーリエ国とともに勝ち残っているキントハイト国、シュバイン国、クロッツ国の騎士たちだ。

鑑定の立会人として、各騎士団でも団長格が招集されているのだろう。団長イザークや副団長ユミル、前夜祭で模範剣技を披露したクロッツ国団長の姿がある。また右手の奥には主催国であるマルモア国の貴族諸侯が何名か、難しい顔つきで座っている。

そうそうたる顔ぶれの男たちに対し、一騎士に過ぎない小さなニナはいかにも場違いだ。無遠慮《ぶえんりょ》な視線をそそがれ、ニナはゼンメルの背中に隠れながら左手の壁際へと進んだ。

あれは開会式で騒いでいた子供ではないか、とのクロッツ国団長の言葉に、うつむいて肩をちぢめる。元凶のトフェルは他人の顔であたりを観察し、ゼンメルはとくに気にしたふうもなく、壁際の長机の前で足を止めた。

布の敷かれた長机では大剣が一振り、その白刃を壁灯に反射させている。

「話はあとだな。早朝からの騒ぎにお歴々もお疲れだろう。さっそくだが、はじめさせてもらおうか」

ゼンメルは鼻の丸眼鏡《まるめがね》をかけなおす。用意されていた水桶《みずおけ》で手を洗い、鑑定を開始した。

武器屋の出身にして戦闘競技会で使用される装備品に興味を持ち、それを理由に騎士になったというゼンメルの調査は、綿密で実に慎重だ。

ゼンメルはまずはその大剣の図案を紙に起こす。各部分の長さと厚みと角度。それらからおよその重量を計算し、実際に測って確認した。

刀身の色味は壁灯や日光を光源に、角度を変えて何度も目視する。つづいて検品用に用意された甲冑《かっちゅう》を打ち、音を聞いた。きいん、と高音に澄んだ金属音。比較するために鋼《はがね》製の大剣と交互に何度も振るう。様子を見守るクロッツ国団長が苛々《いらいら》と足で床を鳴らすほど、目を閉じて執拗《しつよう》に聞きわける。

意見を求めるとトフェルは指で丸をつくり、ニナもためらいがちにうなずいた。

ゼンメルは大剣を長机に戻した。

疲れたように目頭《めがしら》をもみ、結果を待つ審判部らを見すえた。

「まちがいない。この大剣は硬化銀製だ。同型の鋼の大剣との重量の差、刀身の反射光の色のちがい。音域からすると純度は高く、混ぜ物は少ないだろう。使い手の技量にもよるが、鋼の甲冑を貫いて肉を断つことも、可能だろうな」

呻《うめ》くようなどよめきが起こった。

やはりな、これで決まりだ、なんてことに——審判部は額に手をあてて首をふる。顔をよせあい小声を交わし、当事者であるキントハイト国騎士団の様子をうかがった。所属騎士の不正が認定された団長イザークはとくに動揺《どうよう》も見せず、目を閉じて腕を組んでいる。

そんな喧噪《けんそう》にまぎれ、ゼンメルがニナにささやいた。

「ニナ、この大剣は〈おまえが見たもの〉と比べてどうだ？　同じものに見えるか？」

見たものとは、団舎で確認した硬化銀の大剣のことだろうか。

戸惑いつつニナは記憶をたどる。音は正直よくわからない。ただ柄の装飾や切っ先の形など、大剣の外観はちがっている。色味も団舎で見たものの方が、明度に劣る気がした。

そう答えると、ゼンメルは眉《まゆ》をあげて微笑《ほほえ》んだ。

「やはりな。残念だがわしもそう思う」

「残念？」

意味がわからずくり返すと、イザークが不意に片手をあげた。

金色をおびた琥珀《こはく》の瞳はゼンメルに向けられている。衆目《しゅうもく》が集まるなか、イザークは泰然とした口調で告げた。

「その大剣が硬化銀製ということは理解した。ゼンメル団長の判断に異論もない。しかし硬化銀の武器など、一般人であれば一生見ることもない代物《しろもの》だ。市場に出回るはずもなく、騎士団員とて簡単に入手できるものでもない。出所はどこだと思われる？」

「出所は、国家連合の製造品と考えるのが妥当《だとう》だろう。国家連合には制裁的軍事行動にそなえ、硬化銀の大剣が保管されている。過去の制裁時に散逸したものなら特定は困難だが、保管品の盗難であれば、在庫記録と照合すれば判明するだろう。ともかくは早急に、テラの丘の本部に――」

「なにを悠長《ゆうちょう》な！　入手経路など、いまはそんなことを話している場合ではない！」

ばん、と長机がたたかれる。

紫に白い天馬の軍衣の男が立ちあがる。

激高した大声をあげたのは、クロッツ国の団長だ。えらのはった傲岸《ごうがん》そうな顔の中年男は、腹立たしげにイザークを睨んだ。

「不正が確定したなら、まずは騎士団の責任者たる団長自ら、頭をさげて謝罪をすべきではないのかね！　その女騎士のせいで、第二競技が直前で中止されるなどという、前代未聞の大混乱が起こっているのだ！」

気色ばんで言いはなつ。賛同を求めるように、周囲を見まわした。

「そもそも硬化銀の大剣を持ちこむなど、戦闘競技会の根底をくつがえす許しがたい暴挙だ！　万に一つ、検品に不備があれば、対戦相手を死に至らしめた可能性もある！　聞けばその女騎士は、正騎士たらんと野望を逞《たくま》しくしていたとか。無骨で野蛮《やばん》。実力主義のキントハイト国らしい貪欲《どんよく》さだが、まさかいままでにも、こたびと同様な不正があったのではないかね！」

その言葉に、イザークは軽く目をみはる。

「責任の所在がおれにあり、正式な場で謝罪するのは当然だ。我が騎士団が強さに貪欲であることも否定しないが、いままでにも、とは？」

「今回が初めてという保証はない、ということだ！〈黒い狩人〉などと気どってはいるが、破石王たるその切れ味は本物なのかとな。勝利に重きをおく騎士団の組織的な問題とするならば、過去の公式競技会もあらためて調査する必要が――」

「――なるほど。クロッツ国騎士団長は、この〈獅子の王冠〉を愚弄《ぐろう》するつもりか」

イザークは低い声でつぶやく。

腕を組んで座ったまま、精悍《せいかん》な顔立ちに浮かぶのは薄い笑みだ。けれど漆黒の軍衣からにじみ出る獣の気配に、クロッツ国騎士団長はたじろいだ表情で一歩さがった。

近くの騎士たちに緊迫した空気が流れる。

まるで競技会開始の銅鑼《どら》が鳴る直前を思わせる、張りつめた雰囲気《ふんいき》を壊したのはゼンメルのため息だった。

「過去の不正を見過ごしていたなど、クロッツ国騎士団長の言はキントハイト国ではなく、国家連合への侮辱《ぶじょく》だな。〈見える神〉の代弁者たる審判部は、公正と誠実をもって戦闘競技会を運営している。むろん人の業《わざ》であり完璧《かんぺき》ではない。なればこそ公式競技会へ派遣する人員は参加国出身のものは避けるなど、手がつくされているのだ」

落ちついた声が語るのは正論だ。

クロッツ国騎士団長は渋々といった顔で、唇を強く結ぶ。

ゼンメルはあらためて、その場に集《つど》うものたちを見まわした。

「審判部に信がおけるのはまちがいない。その前提で立つならば、今回の件はいささか不可解だ」

「不可解……？」

眉をひそめたイザークに、ゼンメルは軽くうなずく。

「硬化銀製の大剣と一口にいっても、含有量《がんゆうりよう》で硬度や音に差が生じる。少量程度なら見逃す可能性もあるが、今回のように純度の高いものが検品を抜けるのはまず無理だ。戦闘競技会における硬化銀製武器の使用には、十年をこえる懲役刑《ちようえき》が科される。それをふまえ、見つけてくれと言わんばかりに検品に出すなど、わしは腑《ふ》に落ちん」

クロッツ国の団長がすかさず食ってかかった。

「なれどその女騎士には動機も、確たる証拠もある！　大剣は女騎士の木箱から出てきたのであり、控室の前には見張りの審判部がいた。審判部に信がおけるならなおのこと、その目をかいくぐり、別の何者かが入室することは不可能だ！」

──確たる証拠……。

ニナはきゅっと眉根をよせる。

青海色《あおうみいろ》の目でちらちらと、長机に横たわる大剣を見つめた。

ゼンメルが鑑定をはじめるまでもなく、大剣を見た瞬間に思ったこと。持ち手の先端の柄頭《つかがしら》は、細く平たい。ゼンメルが計測する際にも探ったが、貝のように開くことも、中から丸薬が出てくることもなかった。

──古傷の後遺症に苦しんでいるフォルビナさんが、薬を忍ばせていない大剣で競技会に出るなど、そんな危険なことをするでしょうか。

もしかしたらそれは、フォルビナが不正をしていない根拠になるかもしれない。けれど同時に、後遺症の存在を明かすことにもなる。

意識の消失や手足のふるえ。戦闘競技会で刹那《せつな》の攻防をくり広げる騎士としては致命傷となり得る。露見すれば出場できなくなると、だからフォルビナは金貨袋をにぎらせてまで、ニナに口止めを求めたのだ。

──だけどこのままじゃ、フォルビナさんは硬化銀の大剣使用の罪で、処罰されてしまいます。どうしましょう。わたしは、どうしたら。

思い悩むニナの内心など知るよしもなく、クロッツ国の団長は強い口調で言いはなつ。

「いくら理屈をこねたとて、女騎士の罪は明白！　わたしは参加国の団長として、この件についての国家連合の対応を早急に――すなわちキントハイト国の処遇についての協議を求めます。硬化銀製武器の使用はただの不正にあらず。キントハイト国は今回のみならず、むこう数年程度の西方地域杯参加辞退。当該女騎士には国家連合の規定に照らしあわせ、可能なかぎりの厳罰に処すべきだと考えます！」

中央の長机に座るクロッツ国の騎士たちから、そうだ、と声があがった。

シュバイン国の騎士たちは難しい顔をする。黙りこんだキントハイト国騎士団をちらりとうかがうと、仕方がないという顔で同意を示した。ゼンメルは目を閉じて黙考し、トフェルは面倒な展開に嫌気がさしたのか、早く帰りたいという顔で欠伸《あくび》をしている。

立会人であるマルモア国の貴族諸侯と審判部が相談をはじめる。ともかくは鑑定結果を取り調べ中の別室に伝えるため、審判部の一人が扉に向かった。

か細い声がもらされたのは、そのときだった。

「あの、ま……まって、ください」

室内の視線がゆっくりと集まる。

数十人もの男たちに顔を向けられ、ニナはすぐに後悔した。どんどん進んでいく事態に、思わず制止の声をかけたものの、どうするかまでは決めていない。

その場の流れに水をさしたニナの言葉に、いつもはおどろかせる側のトフェルが、欠伸であけた大口が戻らないほど仰天《ぎょうてん》している。

クロッツ国の団長は、あからさまに気分を損《そこ》ねた顔をした。

「なんだね君は。言いたいことがあるなら、はっきり言ったらどうなんだ」

ニナはびくりと身をはねさせた。早くしたまえ、と睨《にら》まれ、それにおされる形で口を開いた。

「フ、フォルビナさんは、そんな、不正をするような方じゃないです。だから、そ、その」

「わからんな。君はリーリエ国の騎士だろう。他国の騎士についてなぜ、知ったふうな口をきく？」

「少しですけど、は、話したことがあって。いつも一人で訓練をしている、真面目《まじめ》で一生懸命な方なんです。騎士の誇りを重んじる方で、あの、ですから」

たどたどしい言いわけに、クロッツ国の団長は舌打ちする。

道理を知らぬ女子供が、感傷的に庇《かば》い立てしていると思ったのだろう。いいかげんにしないか、と語気を荒らげた。

「女騎士の不正を認定したのは審判部だ。これ以上の反論は審判部の決定への受諾《じゅだく》拒否、つまりは国家連合の意思にそむく行為となる。開会式で騒ぎ立てたような小娘が、いったいなんの根拠があって――」

「根拠なら、あ、あります」

ニナは声をふるわせる。

言っていいのか、言ったらどうなるのか。ぐるぐると回る頭で結論はやはり出てこない。けれど誤解されたまま、処罰を受けるとしたら――

「フォルビナさんは、昔の親善競技で受けた傷の後遺症で苦しんでいました。剣の柄頭に薬を忍ばせて、競技会中に症状が出たらのむのだと。ですからそれが不可能な硬化銀の大剣を使用することは、きっと、で、できないと思うんです」


――ニナは結局、フォルビナとの一件をすべて明かすこととなった。

突拍子もない発言に、にわかには信じてもらえず、順序立てて説明するようゼンメルに指示されたのだ。城下での出会いにはじまり、薬箱を盗んで逃げた義足らしい男のこと。足音の似た男を審判部のなかに見たことまで、あますところなく話した。

すべて聞き終えたゼンメルは、キントハイト国の騎士たちに、心当たりはないのか問う。団長イザークと副団長のユミルは視線を交わした。意を察したユミルが、うなずいて口を開いた。

「フォルビナに関係する審判部の男なら、ひとり、思いあたるものがおります。ガルム国との親善競技中に、フォルビナがガウェインの足止めに失敗したことで、左膝から下を切断する重傷を負った男です。名はエベロ。退団後は国家連合の職員になったと聞きました。またフォルビナの後遺症についてですが……」

「なんだね？」

「そのエベロかは不明ですが、フォルビナが騎士団をつづけられる身体《からだ》ではないと、無記名の手紙が何通か。フォルビナ本人に確認しましたが、根も葉もない讒言《ざんげん》と否定され、保留となっています」

ゼンメルは、保留、と眉《まゆ》をひそめる。

病気や怪我《けが》など、団員の健康状態は競技会結果を左右する。その管理は騎士団を運営する側がおう当然の役目だ。リーリエ国の場合は副団長クリストフが、療養期間から復帰後の調整まで、先に立って手をまわしている。

そんな内心を読んだのか、イザークは小さく笑った。ゼンメルが視線を向けると、これは失礼、と口の端をあげた。

「自己責任によって立つ我が騎士団とは、あまりに様相が異なっているので。団長のおれをふくめて、互いに義務をおうのは強さと結果のみ。仮にフォルビナが明日をも知れぬ重篤《じゅうとく》な状態であっても、破石数さえ稼《かせ》いでくれれば、おれ個人としてはかまわない」

ニナは思わず、そんな、と声をあげる。ならばフォルビナが秘密にしていたのは無意味だったのだろうか。

しかしイザークは、軽く肩をすくめてみせた。

「もっとも国家騎士団の〈持ち主〉はキントハイト国でおれじゃない。うるさい貴族連中も命石《めいせき》代わりにしてやりたいほどいる。公《おおやけ》になれば騎士団として、退団処分はまちがいないだろうが」

それた話の筋を戻すように、ユミルがゼンメルに向きなおる。

「しかしながらエベロがミラベルタ城にいるとは思えません。先ほどのゼンメル団長のお言葉の通り、西方地域杯に派遣された審判部は公平性をはかるため、火の島の他地域出身者で構成されているはず。四地域杯《よんちいきはい》は雪の到来のはやい北方地域杯を皮切りに、日をずらして開催されます。人員不足とは考えられず、仮にもしエベロが配属されていたとしたら、上の方の恣意《しい》を疑う方が納得できます」

「上の方……。審判部をたばねる現在の審判部長は、たしかクロッツ国の理事だったか」

ゼンメルは顎《あご》の白髭《しろひげ》に手をやる。

黙って聞いていたクロッツ国の団長が、えらのはった顔を真っ赤に染めて怒鳴った。

「こ、これは見過ごせない発言ですぞ！　我がクロッツ国の理事が、審判部の派遣に手心を加え、今回の騒動に関与したと仰《おつしや》るおつもりか！」

「そうまでは申しておらんよ。ただ戦闘競技会の運営を担《にな》う審判部の力は小さくない。舞台のからくりを動かす相手に、騎士の大剣がかなうはずもないからな。昔から審判部長となった理事が四地域杯で、自国に有利にするため、抽選に働きかけることはままある」

「なんと！　ならばゼンメル団長は、こたびの西方地域杯でも、クロッツ国が便宜《べんぎ》を受けているとお考えか！　我が騎士団の第一競技勝利は、まがいものであると！」

怒りに声をふるわせ、腰の剣帯《けんおび》に手をのばす。

クロッツ国の騎士があわてて止めに入った。シュバイン国の騎士団長が席を立ち、両手を胸の前に出して、とりなすように声をかける。

ニナはおろおろと視線をめぐらせる。自分の発言から現在の事態になったかと思うと、なんだかいたたまれない。それに威圧感のある屈強な男たちが声を荒らげる姿は、単純に恐ろしい。

立会人のマルモア国貴族や審判部たちは、少し距離をとって揉《も》める騎士たちを見ている。混乱の収まらぬなか、場違いなほど軽い声が不意にひびいた。

「あのさ、なんでもいいけど先に進めねえ？　小難しい話ばっかで飽きたし、そろそろ小さいのを返さねえと、過保護な狼と自称所有者がのりこんで来そうだからさ」

トフェルはおさまりの悪い髪をがりがりとかく。

丸皿に似た目で、長机に横たわる大剣を一瞥《いちべつ》して言った。

「つかそもそも、その女騎士以外に硬化銀の大剣を仕込めるのは審判部だけだって。あの控室、窓には鍵《かぎ》で夜には鎧戸《よろいど》、競技場への扉には閂《かんぬき》だし、通風口も地下訓練場とつながってねーしよ。外部からの侵入が不可能なんだから、細工なんて、審判部以外にできっこねーよ」

「……トフェルよ。みながみな、団舎の悪戯妖精《ニュンフェ》の所業を知らぬ。誤解を生むまえに説明をしてもらえるか？」

ともすれば疑惑の火の粉がかかりそうな発言に、ゼンメルがすかさず注文をつける。

トフェルはけろりとして答えた。

「いや、なんか小さいのの景気が悪いからよ。ここは一つ盛大な刺激が必要かなってさ。装備品の木箱に隠れておどかしてやろうと思ったんだけど、抜け道も隠し扉もないなんて、この城はほんと遊び心がねーよ」

「トフェルさん……」

ニナは情けない顔で目を潤ませる。

ミラベルタ城に遊び心がなくてよかったと心から思った。競技会当日にいざ装備品を身につけようとして、箱をあけた途端にトフェルが飛び出てきたら、確実に気絶する自信がある。

ゼンメルは眉をひそめて嘆息《たんそく》した。

団長として言いたいことはあったが、悪戯妖精の言にも一理はあると判断したのだろう。気勢をそがれたような周囲を、おもむろに見まわした。

「ともかくは女騎士が常時使っていた大剣の所在だな。何者かが関与していたならば、発見場所がそのまま証拠になろう。各国騎士団の宿舎はむろん、ミラベルタ城内のすべてに探索の手を。審判部は今回の随行員にエベロという義足の男がいるかどうか、まずは確認するが上策だろう——」

◇◇◇

——居館の三階。

階段の踊り場から見える外は濃紺《のうこん》色の闇。夕方から降りだした雨音が、昼間の喧噪《けんそう》を洗い流すように世界を包んでいる。

ニナが右手の廊下《ろうか》を進むと、ちょうど部屋から出てくる副団長クリストフの姿が見えた。元司祭らしい温厚そうな風貌《ふうぼう》には、少し疲れた微笑《ほほえ》み。本来であればキントハイト国との第二競技のはずが、突然の中止から、不正事件の対応に一日じゅう追われた。夜の鐘はとうに鳴っている。

ニナは医務室の前に立つ副団長に、ぺこりと頭をさげた。

「あの、前夜祭の日に、店内で言い争う男女を見たという酒場の店主の方。拘束《こうそく》した男性を確認していただきましたが、まちがいないそうです」

「それはよかった。犯人も捕まり、根拠となる証拠品も経緯を裏づける証人も確保できた。一時はどうなるかと思いましたが、これでようやく一段落ですね」

クリストフは緊張がとけたように表情をゆるめる。

――女騎士フォルビナの装備品不正事件は、結局のところ発覚から一日で解決した。

ゼンメルの鑑定後、まずおこなわれたのはミラベルタ城の大捜索だ。

キントハイト国の宿舎を皮切りに、地下訓練場から居館の観覧台までくまなく調べられた。王女ベアトリスの人脈と交渉術を駆使し、観戦にきた貴族諸侯の手荷物まで調査が及んだが、ニナの主張の根拠となる大剣は見つからない。城外に持ち出された可能性も考慮《こうりょ》して、リヒトやロルフらは街壁の門まで馬を走らせたが、西方地域杯にそなえた警備はもとより厳重で、それらしいものの出入りは確認できなかった。

あとは国家連合の使用する、居館の側塔を残すのみとなったところ、審判部が随行員《ずいこういん》の名簿にエベロの名前を発見。キントハイト国の検品に携《たずさ》わっていたことも判明し、事情を聞くべく宿舎の東塔に入ったところ、逃走を図ろうとしていたエベロ本人と遭遇《そうぐう》。その場で拘束になった。

城内の捜索を受けて調査の手が自分に及ぶと危ぶんだのか、旅装姿のエベロは柄頭に丸薬を忍ばせた大剣と、城下で盗んだ薬箱を所持していた。そして審判部の詰問に、フォルビナへの恨みからの犯行だと動機を語った。

ガルム国との親善競技で左足を失ったのは、ガウェインの足止めに失敗したフォルビナが発端であること。自分は退団を余儀《よぎ》なくされたのに、フォルビナが正騎士を目指すのが許せなかったこと。妨害するために薬箱を盗み、硬化銀の大剣使用の嫌疑をかけて、騎士としての命を奪おうとしていたこと——言い逃れができないと諦めたのか、エベロは意外なほどあっさりと自供した。

やがて城下の酒場に詳しい中年組が、ニナがフォルビナたちを目撃した店を特定。店主にエベロ本人を確認させ、一連の経緯にまちがいないことが裏づけられたのだった。

所属騎士フォルビナの無実が証明されたことで、キントハイト国とリーリエ国の第二競技は明日の開催が決定した。エベロは同国の元騎士団員だが、現在は国家連合に籍をおき、控室に出入りができる審判部の立場を利用しての犯行である。またキントハイト国出身のエベロが西方地域杯に派遣された件については、硬化銀製武器の入手経路と同様、今後の調査を待つこととなった。

クリストフは医務室の扉を振りかえって告げる。

「一段落といえば、先ほど目がさめましたよ。本人の意識がなく、手探りの対処で心配でしたが、幸いに薬が発見されたので」

その報告に、ニナはほっと表情をやわらげた。

審判部の取り調べを受けていたフォルビナは、ゼンメルが大剣の捜索を指示したところには、意識を失い医務室にはこばれていた。

古傷からの後遺症だったが、対応する側には疾病《しっぺい》についての情報がない。各騎士団で医術に明るいものが応援に呼ばれ、副団長クリストフも招集された一人だった。

全身の痙攣《けいれん》で一時は呼吸も不安定だったが、大剣とともに発見された薬箱のおかげで、事なきを得た。フォルビナが服用していた薬は雪の下とサフランからなる丸薬で、頭部外傷からの後遺症状を緩和するもの。東方地域からの交易品らしく、西方地域で即座に手に入るものではないそうだ。

ニナは苦しんでいたフォルビナを思いだして言った。

「大剣もですけど、薬箱も見つかって本当によかったです。フォルビナさんは手持ちの薬が少なかったから、症状が出たときも、競技会のことを考えて我慢していて」

「そうですね。本当に幸運でしたが、ただその点については、個人的に少し腑《ふ》に落ちない気もします」

「腑に落ちない、ですか？」

「自分を特定する証拠品はなるべくはやく処分したいはずです。数日まえに奪った薬箱を、なぜいまも所持していたのかと。まあ、たまたまかも知れませんが」

クリストフは苦笑を浮かべる。

フォルビナに面会していくかと問いかけられ、ニナはうなずいた。

伝言を頼まれて医務室まで来たが、可能であればそうしたいと思ってもいた。後遺症の存在が知られたことで、フォルビナは明日の第二競技の不出場が決定。西方地域杯が終了次第、おそらく退団勧告がくだるだろうとゼンメルから聞いた。それでなくても大剣の秘密を口にしてから、きちんと話をする義務があると考えていた。

――正直にいえば怖いです。でも、わたしが決めてやったことです。

ニナは医務室の扉をあけた副団長のあとにつづいた。

◇◇◇

薬湯の匂《にお》いがただよう医務室には数名の審判部がいた。

受付の長机の向こうには寝台。すみには調理場を思わせるかまどがあり、天井まである長棚《ながだな》には壺《つぼ》や籠《かご》、外科的治療に使うだろう金属製の器具が並んでいる。

クリストフは布と水桶《みずおけ》を抱えた審判部に声をかけた。短時間ならば、という条件で面会の許可を得る。ニナは審判部に頭をさげ、カーテンで仕切られた個室へと向かった。

軽く扉をたたき、失礼します、となかへ入る。

丸机に手提灯《てさげとう》が置かれただけの簡素な個室。窓際の寝台に横たわったフォルビナは、外を眺めていた。

闇に沈む夜には冷たい雨。手提灯の炎が、フォルビナの薄金色の髪をぼんやりと彩っている。

入室の気配に振りかえったフォルビナは、少しおどろいた顔をした。

おまえは、と思わずもらされた声に、ニナは身をすくめて頭をさげる。突然の面会を詫《わ》び、おずおずと具合をたずねた。いまは落ちついているとの回答に、まずは安堵《あんど》する。

そしてニナは姿勢を正した。息を大きく吸い、思い切って言った。

「ごめんなさい。わ、わたし、約束を破りました。あなたの身体《からだ》のこと、ほかの人に、話してしまいました」

フォルビナはゆっくりと眉《まゆ》をよせる。

その瞳が正視できなくて、ニナは床に目を落とした。

「あ、あなたが不正をするような人だって、そう結論づけられるのは、ちがうと思って。病気のことを話さないで誤解がとければよかったんですけど、うまく言えなくて結局。あの、わたし本当に、説明が下手《へた》で」

しどろもどろのまま、すみません、と唇を結ぶ。

沈黙が流れた室内に雨音がこだました。

ふともれた深いため息。ニナの胸がじわりと痛む。叱責《しっせき》も軽蔑《けいべつ》も、ここに来ると決めたときから覚悟はしていたけれど。

おそるおそる顔をあげると、寝台のフォルビナは予想に反し、落ちついた表情をしていた。

怪訝《けげん》そうにたずねる。

「なんなんだ？　わたしはおまえに、心配されたり謝られる意味がわからない。自分が話したから冤罪《えんざい》を免れたと恩にきせないのか？　えらそうなことを言ってなんて醜態《しゅうたい》だ、ざまあみろと笑われるなら納得できるが」

「え？　な、なんで、恩にきせる？　わ、笑うとか」

思ってもみなかったことを言われ、ニナは困惑する。

フォルビナはふいと顔をそむけた。

「……リーリエ国ではこれが普通なのか？　それともこの娘の特質なのか？　いままでの対応といい、どうも調子がくるう」

「あ、あああの、すみません」

「そうじゃない。怒っているわけじゃない。ただちょっと、慣れていないだけだ」

フォルビナは薄金色の短髪を軽くかいた。

曖昧《あいまい》に苦笑され、ニナはあらためてフォルビナを見やる。そしてその様子がいままでとちがうことに気づいた。

城下で初めて会ったときから、フォルビナはいつも抜き身の剣さながらの張りつめた表情をしていた。眉間《みけん》にはしわがより、眼光は鋭く、口を開けば厳しい言葉が斬《き》りかかってくる。

けれど目の前にいるフォルビナは、静かな表情で寝台に身を起こしている。軍衣ではなく薄手の寝間着を着ているせいだろうか。そっけない印象の中性的な顔立ちが、いまは線の細い年若い女性にしか見えない。

「……おまえが話しても話さなくても同じだ」

フォルビナはぽつりと言う。

え、と聞き返したニナに、淡々とうなずく。

「武器をすりかえられた時点で、誰がなにをしても結果は同じだった。疑惑をはらせなければ、硬化銀武器使用の罪で懲役刑を受ける。免れたければ自分の剣には柄頭に薬が忍ばせてあることを、後遺症の存在を明かさなければならない。どちらにしても、騎士団を辞めることは変わらない」

「変わらない……」

ニナは頼りなくつぶやいた。

フォルビナは窓の外に目を向けて言う。

「わたしは負けた。精一杯やったが、結局は勝てなかった。あれからずっと、力のかぎりをつくしたが、それでも負けた」

「負けたって、あの」

「おまえは庇《かば》われたとき、嬉しかったか？　それとも、悔《くや》しかったか？」

唐突《とうとつ》な問いにニナは戸惑う。もしかしてマルモア国との第一競技のことだろうか。ニナの返答を待たず、フォルビナは言葉をつづけた。

「わたしは嫌だった。やめろと何度も言った。だがあいつはきかなかった。あいつは……エベロはガウェインの命石《めいせき》を狙うことより、わたしを助けることを選んだ。そして結局、ガウェインに足を切断され騎士の命を失った」

「ガウェインって、あ、あの、ガルム国の」

「五年ほどまえの親善競技だ。まだ〈赤い猛禽《ブルート・フォゲル》〉の異名も、その恐ろしさも伝わるまえで、キントハイト国は入団して数年の年若い騎士たちで競技にのぞんだ。わたしはガウェインと対峙《たいじ》したが、奴の強さは異常だった。手足の骨を砕《くだ》かれ、頭を何度も踏みつけられた。笑うガウェインの後ろにエベロの姿が見えたが、エベロが優先したのは勝利ではなく、わたしを助けることだった」

「助ける……？　でも、副団長ユミルさんのお話では」

「あの親善競技は参加騎士の半分が重傷をおうほどの惨劇《さんげき》だった。退場者につぐ退場者の混乱で、外からはわたしが足止めに失敗し、エベロが巻きこまれたように見えたのだろう。実際はちがう。エベロは自ら駆けつけ、わたしを救おうとして失敗し、ガウェインに足を奪われた」

フォルビナは痛みをこらえるような顔をする。

「キントハイト国では平民であっても、国家騎士団員となれば貴族並みの待遇が約束される。エベロは同じ平民出身の誠実な男だった。競争相手として、信頼できる友として〈獅子の王冠《レーヴェ・クローネ》〉を目指した。だがその親善競技ですべてが崩れた。エベロはわたしを、対等な騎士として扱っていなかったのだ」

「対等な騎士……」

「エベロは騎士ではなく、庇護《ひご》すべき対象としてわたしを守った。ほかの団員が己の力のみで戦い倒れたあの競技で、わたしだけが助けられた。わたしはそんな自分が情けなかった。ガウェインに恐怖して無様《ぶざま》に組み伏せられ、救わなければと思われる自分が、恥ずかしくて悔しくてたまらなかった」

フォルビナは自嘲《じちょう》をこめて語った。

その悔しさを払拭《ふっしょく》するために〈獅子の王冠〉を望んだこと。エベロと夢見た正騎士の座を許されて初めて、自分は認めてもらえると思ったこと。後遺症で苦しむようになっても、思いを果たせて死ぬならかまわないと覚悟していたこと。

しかしそんなフォルビナをエベロは制止した。退団後に国家連合の審判部に入ったエベロは、各地の戦闘競技会にふれ、負傷が前提の競技会の恐ろしさを実感したのだという。年々悪化する後遺症も後押しし、エベロはフォルビナを訪ねては退団をすすめた。両者の主張は平行線で、やがてキントハイト国騎士団に後遺症の存在を知らせる手紙を送付していたことから、袂《たもと》を分かつことになった。

「前夜祭の日に数年ぶりにエベロに会ったが、何度話しても同じだった。奴は薬箱を奪えば出場を辞退すると考えたのかも知れない。だがわたしは諦めなかった。ここで引いたらあのときのままだ。ガウェインに怯《おび》え対等に扱われなかった、情けない自分のままだと。だけどまさか、硬化銀の——」

フォルビナは言葉を切る。

怒りなのか悲しみなのか。思いのたけを振り絞《しぼ》り、声をふるわせる。

「硬化銀製武器の使用は重罪だ。エベロはそれでもわたしを競技会から遠ざけようとした。ガルム国との親善競技のときと同じだ。自分を犠牲にしてわたしを危険から離した。わたしは負けた。いちばん認めてもらいたかった男に、ともに競技場を駆ける一人の騎士として、見てもらえなかったのだ」

「競技場から遠ざける……」

ニナはゼンメルの言葉を思いだす。

ゼンメルは見るからに硬化銀製とわかる大剣を仕込んだのは不可解だと言っていた。まるで気づいてくれと言わんばかりだと。クリストフはエベロが薬箱を処分していなかったことは、腑《ふ》に落ちないと口にした。取り調べ中に意識を失ったフォルビナは、薬箱が発見されたおかげで事なきを得た。

ニナは酒場の店主とともに拘束《こうそく》されたエベロを確認した。城下でも観覧台で見たときも、覚えているのは義足が奏でた不規則な足音だけ。鉄格子《てつごうし》の向こうにいたエベロは、町中で普通に見かけそうな印象の男性だった。

審判部の詰問にじっとうつむいていたエベロは、酒場の店主がまちがいないと断言しても無反応だった。拘束時に自供したあとは黙秘に転じているというその表情は、ひっそりと落ちついていた。フォルビナを競技会から遠ざけることに成功し、まるで役目を果たしたとでも言わんばかりに。

――あの人は恨みからじゃなくて、フォルビナさんにこれ以上危険な目にあってほしくないから。ただ騎士を辞めさせるためだけに、今回のことを……？

「笑ってもいいぞ」

フォルビナが唐突に口を開く。

え、と声をあげると、疲れた自嘲《じちょう》が返ってきた。向けられた青灰色の目は、手提灯に照らされ潤んだように揺れている。

「恥ずかしくないのかなどと――えらそうなことを言って、結局はこのざまだ。おまえに昔の自分をかさね、あたりちらした挙句《あげく》にな。わたしはまた守られて、なにも成しとげることなくここにいる。まんまと犠牲になったエベロは冷たい牢屋《ろうや》で、本部に護送され審判を受ける日を待っている」

「フォルビナさん……」

「壊れる寸前のこの身体《からだ》で〈獅子の王冠〉を望むなど、いかに愚かなことをしているかわかっていた。エベロにも何度も、頼むからと頭をさげられてもきけなかった。まるで子供のわがままだな」

「わがままだなんて、そんな」

「だけどどうしようもなかった。全身の骨が砕《くだ》かれる痛みのなか、エベロの鮮血が散るさまを見ていた。惨《みじ》めに踏みつけられ、助けにきたエベロが足を失うあの光景が消えない。誰よりも信頼していたからこそ――好きだからこそ、騎士として対等でありたかった。胸を張って、隣に立ちたかったんだ」

個室の扉が控えめにたたかれる。

すみませんが時間の方が、という副団長クリストフの声がした。それに答えておいて、ニナはフォルビナを見やる。

守ろうとしたものと認められようとしたもの。すれちがいと片づけるには切ない、ぶつかりあった思いの一つの結末を耳にし、ただ胸がつまった。言うべき言葉もかける慰《なぐさ》めも、なにも見つからない。

フォルビナがニナを呼びよせる。

寝台に近づくと、手を差しださせた。

フォルビナは自分の騎士の指輪をはずし、ニナの手のひらにのせた。あの、と戸惑いの声をあげると、静かな目を向ける。

「どこかに捨ててくれ。わたしは数日中に退団する。そうでなくても、騎士ではない存在には過ぎたるものだ」

「フォルビナさん……」

「愚かなエベロもわたしのことも、どうかすべてを忘れてほしい。エベロは恨みから硬化銀製武器使用の罪をきせようとした。その過程で後遺症の存在が知られたわたしは騎士団を去ることになった。審判部が発表した顚末《てんまつ》が、今回の件の真実だ。おまえはわたしと会わなかった。そしてなにも見なかった——次に会うときは、他人だ」

医務室をあとにしたニナはそのまま階段をおりた。審判部への報告事項があるという副団長と一階のホールでわかれ、宿舎の塔に戻る。

回廊《かいろう》に出たところで空気の感じがちがうことに気づいた。

アーチ型の天井と等間隔に並ぶ円柱からなる、外に面した通路。中庭に目をやると、雨がいつのまにかやんでいる。庭の中央には黒い鏡を思わせる噴水と、その先には半月状に突き出した大広間のバルコニーが見えた。

ほんの数日前、リヒトと過ごした楽しい夜がふとよぎる。

月光と円舞曲と優しく触れたリヒトの体温と。切ないような恋しさで胸が鳴った。フォルビナの指輪を持っていた右手に思わず力が入る。

やがて指を開くと、回廊の壁灯に銀色が反射した。

印章は獅子と剣。威風を感じさせるキントハイト国の騎士の指輪。おそらくは国家騎士団に入ったときから、フォルビナのすべてを見て刻んできた証《あかし》を見おろし、ニナは思う。

禁忌《きんき》とされる硬化銀製武器を使用しても危険から遠ざけたかったエベロと、後遺症に苦しみながらも〈獅子の王冠〉を目指したフォルビナ。

嫌いあっていたわけじゃない。むしろ互いが大切だったから、守ろうとしたし認められようとした。騎士の覚悟はそれぞれだとベアトリスは語った。意志であり命をかける理由そのもの。だからどちらが悪いわけでも、きっとない。

そして表面的には、フォルビナに恨みを抱いたエベロが不正事件を企《くわだ》てて失敗したとして終わる。エベロは国家連合により処罰され、後遺症の存在が露見したフォルビナは退団する。二人の思いも真実も、誰にも知られずにひっそりと。それだけのことだ。

ニナは左手にはめられた自分の指輪に目をやった。

印章は白百合《しらゆり》。蓋《ふた》をあければ知恵と勇気をあらわすオリーブの葉が加わる。思いがけない恋とともにリヒトに渡された、大切で尊《とうと》いリーリエ国の騎士の証。

——君には、君の気づいてない特別な価値があるんだ。誰も持っていないとびきりの宝物。その宝物を、おれといっしょに見つけてみない？

リヒトは〈出来そこないの案山子《かかし》〉だと笑われていたニナに手を差しのべてくれた人だ。ニナ自身でも気づかなかった宝物を見つけて、変わるための魔法をかけてくれた人。

ニナが存在するいまの現実は、リヒトが与えてくれたと言ってもまちがいじゃない。感謝と尊敬を捧げる恩人で、競技場では騎士としていびつなニナを、心強い盾となって支えてくれる。ちっぽけなニナをそれこそ世界で一つの宝物みたいに大切にして、心がふるえる言葉をいくつもくれた。

明るい笑顔も不敵な微笑《ほほえ》みも、少しすねた顔も泣き笑いに似た苦笑も。ニナはリヒトの表情のすべてを覚えている。そして思いだすと、喜びや幸福や不安や、さまざまな感情がニナの胸をいっぱいにする。ニナは〈その手〉のことに理解が乏《とぼ》しい自覚があるけれど、視線も心も奪われてしまうこの感覚に名前をつけるなら、好きだという以外にはきっとないはずだ。

——いままで失った大事なものみたいに。ニナを無くすのが、おれは怖くてたまらない。

だからリヒトが望むなら、もしかしたらその方がいいのかもしれない。

リヒトは競技場でもニナを恋人として扱い、どちらかを選ばなければならないときは、騎士団の勝利よりもニナを優先する。ニナは盾を必要とする弓としての役割だけではなく、存在そのものを守られて競技場に立つ。

〈騎士〉ではなく〈お姫さま〉として。それはあるいはとても楽で幸福で、あるべき形の一つなのかも知れない——けれど。

——誰よりも信頼していたからこそ、好きだからこそ、騎士として対等でありたかった。

淡々とした声音《こわね》なのに、まるで慟哭《どうこく》に聞こえたフォルビナの言葉。

ニナは託された指輪ごと、握りしめた手で胸をおさえる。

それでいいのかと、静かな声で告げた兄ロルフの顔が浮かんだ。ひたりと向けられた青《あお》海色《うみいろ》の目が自分のそれとかさなる。それでいいのかと、ニナ自身が語りかけている気がして。

「……よくない、です」

迷う心が縋《すが》りつくように生みだした答え。

リヒトの気持ちは胸に痛いけれどちがう。身勝手かもしれない。こんなことを思ったら嫌われてしまうかもしれない。

でもニナはあのとき、自分のことなど気にせずにマルモア国騎士に向かいあってほしかった。ニナをニナという個人ではなく、同じひとりの騎士団員として見てほしかった。仮に足を打たれて怪我《けが》をしても、リヒトには勝敗を分ける命石《めいせき》や騎士団を優先してほしかった。

だから自分は、きっと。

「リヒトさんに――……」

――見捨ててもらえるくらい、騎士として対等な存在になりたい。

祈りをこめた、切なる願い。

ニナはきつく目を閉じる。

しばらく何事かを考えると、やがて心を決めて息を吐いた。

しっとりとした闇に沈む中庭に出る。雨をふくんだ下草を歩き、噴水へと向かった。

雨上がりの夜空に月はない。回廊の壁灯に照らされ黒々と揺らめく水面に、フォルビナの指輪を浮かべた。

騎士の指輪は本来であれば、それを許された騎士だけが所有するものだ。国家騎士団員たる証である以上、キントハイト国騎士団に返すべきものだろう。けれどこれはフォルビナの心そのものだ。叶わなかった思いや必死に生きた騎士としての日々を、彼女は静かに手放したのだ。

銀色の指輪は星々の欠片《かけら》のように、壁灯の光に反射しながら消えていった。夜空をおおう雲の果て。見えないけれどきっと輝いている、騎士の覚悟のごとき輝きを放って。

ニナは居館の二階から広がるバルコニーを見あげた。

名残惜《なごりお》しさに目を細めると、回廊に戻って宿舎の塔へと入る。

螺旋《らせん》階段をあがり自分の部屋の階を通りすぎた。

最上階の奥。小さな手を握りしめて、ニナは団長ゼンメルの部屋の扉をたたいた。

5

ミラベルタ城は興奮と喧噪《けんそう》に包まれている。

西方地域杯七日目。一日遅れで開催されることとなった、キントハイト国とリーリエ国の第二競技。

昨日は突然の開催中止に、審判部はもちろん、敗退した国の騎士団員まで鎮圧に総動員するほどの大混乱となった。早朝より観客席でいい場所を陣取り、いまかいまかと開始の銅鑼《どら》を待ち望んでいたなかでの中止決定と、参加国の装備品に不備があったとの曖昧《あいまい》な説明。

ふざけるな、責任者を出せ――激高した観客の一部が競技場になだれこみ、ミラベルタ城の警備兵と小競《こぜ》り合いを起こして拘束者《こうそくしゃ》まで出る始末。渋々と城門に向かう人々は、誘導役の国家騎士団に悪態をつくほどで、不満と徒労感に降りだした雨が拍車をかけた。

混乱は城内だけではなく、城下の街にも及んだ。宿屋には翌日までの滞在を決めた観覧者が押しよせ、酒場や食堂に入りきれない人々が往来を埋めた。屋台からは飲食物が消え、古着や素材を扱う縫製《ほうせい》業者は、宿を取りそこねた遠方からの見物人のために軒先《のきさき》を提供した。

審判部は休む間もなく対応に追われたが、その原因はほかでもない同僚であった男だ。しかも一方的な私怨《しえん》による犯行など、国家連合の威厳を守るためにも公《おおやけ》にできない。非難も愚痴《ぐち》ものみ込み、ただ粛々《しゅくしゅく》と後始末に従事するしかなかった。

一夜が明けた仕切りなおしの今日は曇天《どんてん》。

早朝から城門前に並んだ人々は、前日の鬱憤《うっぷん》をはらすべく観客席に走った。審判部は座席に残る雨水を布でぬぐい、水たまりのできた競技場に砂をまいてととのえる。

キントハイト国とリーリエ国の第二競技が、いままさにはじまろうとしていた。

◇◇◇

「――は？　え？　ちょ、ま、待って！　待って団長、い、いまなんて？」

「おまえは前半、陣所で待機だ、と言った」

「た、待機って、待機って、それって」

「大人しくここで見ておれという意味だ。さほど時間はない。何度も言わせるなリヒト」

ゼンメルは木卓の戦術図から目を離さずに答える。ぽかんとするリヒトを無視して、団員たちを見まわした。

「手筈《てはず》は以上だ。昨夜告げたものとは異なるが、相手の出方に合わせる基本は同じだ。攻勢にでるか守勢に転じるか。なによりも状況判断と、素早い対応が重要になろう。互いに声を出し、連携を密にしろ」

すかさず承知、との立礼が返る。

ゼンメルは大きくうなずいた。

「団長イザークの戦術はそのときの奴の気分で決まる。面倒だとあっさり全滅させる場合もあれば、楽しみたいと終了の銅鑼直前まで長引かせる場合もある。変則的で読みづらいが、〈黒い狩人《シュバルツ・イェーガー》〉たる奴はロルフを気に入っている。前回同様、おそらく時間いっぱい使い、〈滅多にない極上の獲物〉を存分に味わおうとするだろう」

落ちついた口調で告げ、ゼンメルは競技場を見やる。

審判部が整備したものの、木杭《きぐい》で囲まれた灰褐色《はいかっしょく》の大地は昨日の雨で濡れている。砂がまかれてまだらになっている場所や、雨水が薄く張っている一帯もある。

「ニナの弓矢への影響を考えれば、風雨なれば最悪だった。だが幸い雨はやみ、競技場は泥濘《ぬかるみ》と化した。キントハイト国が騎士人形さながらの統制を発揮しづらいという点で、地の利はわずかに味方している。転倒には注意しろ。第一競技終了時点で、すでに骨折者が三名出たと——なんだリヒト」

ゼンメルが低い声で問う。

戦術図にどんと手をつき、リヒトは気色ばんで言った。

「勘弁してよ。トフェルじゃあるまいし、団長がなにつまんない冗談言ってんの。おれなしでニナを出場させるとか、ぜんぜん笑えない。ほんと、笑えないから！」

「笑う必要はない。冗談ではなく、わしは本気だ」

「本気……」

リヒトは唖然《あぜん》とくり返す。

ニナの背後に並び立つ、オドとトフェル、ヴェルナーに視線を飛ばした。

新緑色の目を不穏に細め、自分のかわりに盾に任命された三名を順番に見やる。ありえないと、首を横にふった。

「この三人を最大限に使ったって、おれ以上にニナを守れるわけない。オドは根気があるけど足がないし、トフェルは先を読ませないけど堪《こら》え性がない。ヴェルナーは経験じゃ一番だけど、ニナとろくに組んだこともない。そんな無茶なことを、なんでいま急に」

「うるさい。見苦しく騒ぎ立てるなら軽口の方がまだましだ。これはニナも承知の決定だ。おまえがとやかく言うことではない」

「ニナも承知って……」

リヒトはニナにつめよる。うつむく顔をのぞきこんだ。どういうこと、ねえなんで、と問いただした。

ニナは下を向いたまま答える。

「ご、ごめんなさい。ごめんなさい、リヒトさん」

「ごめんなさいって……ちょっとニナ！」

謝るということは、納得しているのか。思わず大きくなったその声に、ニナは反射的に目をつぶる。縮こまった身体《からだ》を隠すように、トフェルが一歩前に出た。

「無駄にびびらせせんなよ。ただでさえガチガチなんだからよ。今日は脱皮した蜘蛛《くも》の皮しか仕込んでねーし、オドは……糸車の玩具《おもちゃ》を持ってる？　マルモア国の土産《みやげ》？　おまえって何気にすげーな。おさえてるとこはおさえてるっつーか」

「だから干物類は禁止！　オドは嬉しいけどいまは喜べないから！　ていうかそれどころじゃないんだよ。なんだよこれ。マジで勘弁してよ。おれが守らなくて、もしもニナが──」

「いい加減にしろ！　この馬鹿ものが！」

大剣の一閃《いっせん》のごとき大喝《だいかつ》が飛んだ。

陣所の近くに配置されていた審判部が、何事かという顔を向けてくる。

ゼンメルは厳しい表情でリヒトを睨《にら》んだ。ともかく黙って見ていろと、怒りを押し殺した声で言う。

あまりの剣幕に呆然《ぼうぜん》とするリヒトを残し、団員たちは陣所を出ていく。

ニナは小さく頭をさげると、リヒトから顔をそむけて先に歩く団員たちにつづいた。

――リヒトさん、やっぱり。

覚悟はしていたことだけれど、実際に目にすると思った以上に胸が痛い。ニナは青海色《あおうみいろ》の目を潤ませ、唇を固く結んだ。いまにも泣きそうな姿に気づいたヴェルナーが、兜《かぶと》の飾り布を軽く引っ張った。

「んなしけた顔してんじゃねーよ。おまえには世話になってるし、これからも世話になりてえからな。できるだけのことはしてやるよ」

「ヴェルナーさん」

「だがリヒトみたいにはしねえぞ。おれはおまえより、リーリエ国と騎士団が大事だからな。おまえは出場騎士十五人の一人だ。それ以上でもそれ以下でもねえ」

「は、はい」

ニナは即座に答える。もとよりそのつもりだ。だからこそ昨夜、ゼンメルの部屋を訪れたのだ。

陣所を出たリーリエ国騎士団は、大競技場の東の端へと整列した。

わっとあがった観客席の歓声を耳に、ニナが次第にはやくなる鼓動を感じていると、きたぜ、と言うヴェルナーの声が聞こえた。

視線の先に顔を向ける。

歓声がひときわ大きくなった気がした。

熱狂と興奮と、轟《とどろ》きのような叫び声を受け、漆黒《しっこく》の軍衣に身を包んだキントハイト国騎士団が西の端に整列する。その中央に立つのは団長イザークだ。浅黒い肌に黒い短髪。精《せい》悍《かん》な顔立ちを昂然《こうぜん》とあげ、深い琥珀《こはく》の瞳は真っすぐにこちらを射ぬいて――

「――！」

ニナの全身に戦慄《せんりつ》がはしった。

ぞわりと鳥肌が立ち、首の後ろが寒くなる。

空気が重い。競技場の端までは二百歩以上はあるのに、呼吸もできないほどの圧迫感がニナを包んだ。

「あ……」

その気配に耐えきれず、ニナは喉元《のどもと》を押さえていた。

団長イザークとは風変わりな出会いをし、言葉を交わした。〈黒い狩人《シュバルツ・イェーガー》〉という異名を持つ破石王は、予想していたよりも気さくな人物だった。強者《きょうしゃ》の威を悠然《ゆうぜん》とたたえた空気や、値踏みするような視線は胸がざわめいた。それでも兄と気安い姿を見たこともあり、なんとなく近しい印象を持っていた。

けれどいまこうして競技場に立つイザークは、まったくちがう存在だ。

ガルム国のガウェインには、その異相と巨体に本能的な恐怖を感じた。対するイザークは堂々たる偉丈夫《いじょうふ》だが、背は兄より少し高いくらいで、屈強な騎士たちのなかで異常さが際立《きわだ》つわけではない。

イザークは圧倒的に〈人〉だった。けれど怪異な姿でもない同じ血肉を持つはずの人間が、いままで会ったどんな存在よりも恐ろしい。

赤い猛禽のように衝動のまま暴れるのではない。狡猾《こうかつ》な知恵とねじ伏せる武勇をそなえ、意思を持って狩ろうとしている。これからなにが起こるのか、すべてが手のひらにあると言いたげな顔で、不敵に薄く微笑《ほほえ》んでいる。

「――……っ」

ニナは言葉にならない声をもらした。

イザークは普通に立っているだけなのに、見えない手で首筋をなでられている気がする。気圧《けお》されているのはほかの団員も同じらしい。トフェルが苛々《いらいら》と足踏みをし、オドは逞《たくま》しい肩を膨らませて息を吐いた。我にかえった様子のベアトリスが頭をふり、金の髪が頼りなく揺れる。

隣に立つロルフが唐突《とうとつ》に呼びかけた。

「ニナ」

「……」

「ニナ」

「……は、はい！」

ようやく返った答えに、ロルフは競技場の端を見つめたまま告げる。

「〈黒い狩人〉との異名通り、イザークの本質は狩人《かりゅうど》だ。それも効率ではなく、己の満足を第一としている」

「満足を第一？」

「イザークのなかで勝利は決定事項だ。そう言いきれるだけの実力と経験がキントハイト国騎士団にはある。そのうえで奴は獲物を最大限に楽しんでしとめる方法を模索する。執《しつ》拗《よう》なほど貪欲《どんよく》に。一瞬で狩るのか、ぼろぼろになるまで追いつめてから狩るのか。すべては奴の気分ひとつだ」

「気分ひとつ……」

「ラトマール国との第一競技を見ただろう。イザークの出ない第一競技で、キントハイト国騎士団は砂時計の経過にあわせて陣形を試していた。そんな人形と等しき奴らはイザークが加わると猟犬に変わる。主の意思を忠実に反映する、獰猛《どうもう》な猟犬にな」

ニナは観覧台から見た光景を脳裏《のうり》に描いた。

副団長ユミルが片手をあげるたびに隊列を組み直していたキントハイト国騎士団は、まるで陣形の訓練を思わせた。完璧《かんぺき》で隙《すき》がない動きを可能にしたのは、たしかな力の差があったからだ。そんな黒衣の集団が優れた狩人に率《ひき》いられ、出猟のときをじっと待っている。

あらためて実感したニナの喉が恐怖に鳴った。

その音が聞こえたのか、ロルフが顔を向ける。手にした短弓《たんきゅう》の弦が揺れるほど身体をふるわせている妹に、やがて告げた。

「これだけは言っておく。ニナ、おれはガルム国との裁定競技会のとき、おまえを庇《かば》って肋骨《ろっこつ》を折られた。だがもしいま同様の事態になったとしても、おれはおまえを助けない。おれはおれで、果たすべきことをする」

「兄さま、それって……」

——兄は自分を、騎士として見てくれているのだ。

ニナはきゅっと唇を結んだ。

だとしたら自分も、機会を与えてくれたゼンメルに報いるために、やるべきことをやるしかない。

宿舎が寝静まった昨夜遅く。唐突に部屋を訪れたニナの話を、ゼンメルはしっかりと聞いてくれた。たどたどしい言葉を辛抱《しんぼう》強く受けとめ、そして今回の提案をしてくれたのだ。

リヒトと離れて競技会に参加する。別の団員を盾として弓になる。方法を考えたのはゼンメルだけれど、それはすべてニナの思いをくんでのことだ。

だから足をすくませている場合じゃない。怖くて振りむけないけれど、リヒトはきっと競技場を見ている。挑むことさえ無謀《むぼう》だろう強敵には畏怖《いふ》しかない。砂時計一反転ともたずに命石《めいせき》を割られるかもしれない。けれどそれでも、リヒトの前で情けない姿は見せたくない。

ニナはしっかりとうなずいた。

ロルフは唯一の右目を細める。よし、と満足げな表情で、ニナの兜をそっとなでる。

審判部が競技場の中央に立った。

お決まりの口上が述べられ、観客席が静まりかえる。砂時計が返され、四方の銅鑼《どら》が鳴った。今回の大会の大一番とも言われる、キントハイト国とリーリエ国の第二競技のはじまりだった。

響きわたる銅鑼の音をかき消す大歓声。

兜をかぶっていても耳が痛くなる音に包まれ、ニナは先に走りだしたトフェルのあとにつづいた。ロルフを中心とした防衛線を二重につくり、戦端を狭くとって相手の出方を見るのが序盤の指示だ。

陣所からさほど離れていない競技場の東側。トフェルとオドのあいだに入りこもうとしたニナは、あっと体勢を崩した。

「きゃ⁉」

前方につんのめった身体《からだ》を、のびてきたトフェルの手がつかまえる。

腕をとられて持ちあげられ、なにやってんだ、と舌打ちされた。ニナはあわてて謝る。あらためて見ると、競技場に自分の足あとが深く残っている。

——ちがいます。第一競技のときとはぜんぜん。

中央火山帯に近いマルモア国の競技場は、乾くと固くなり、水気をふくむとねばつく灰《はい》褐色《かっしょく》の大地だ。第一競技では滑りやすさで踏みこみがきかなかったが、今日は逆に足をとられる。審判部が砂をまいた箇所《かしょ》はまだいいが、場所によっては沼沢に近く、脚力に劣るニナではいつもの半分程度の速度しかでない。

これでは相手騎士に距離をつめられたとき、普段より早めに走路を決めないと逃げられない。そんなふうに感じたニナの全身に、影がかかる。

「⁉」

顔をあげると目の前に団長イザークが立っていた。

——なんで。

呆気《あっけ》にとられた視界のすみで、吹き飛ばされたトフェルとオドが地面に転がったのが見える。

どうして、いつのまに、どこから。

疑問が頭を駆けめぐる。ほんの少しまえに見たときは、イザークは競技場中央にも達していなかったはずだ。

想定外の事態に恐怖さえわかない。ただ呆然《ぼうぜん》と、青海色の目をみひらくだけだ。

「あ……あ……」

喉《のど》をひくつかせるニナを、イザークはじっと見おろしている。

トフェルとオドを一撃ではねのけた大剣を無造作《むぞうさ》に向けてきた。

突き出された切っ先は易々とニナを射程にとらえる。命石でも細い喉笛でも。思いのままに奪えるだろう白刃が、ニナの顎下《あごした》に触れた。

そのままぐいと上を向かされる。

琥珀《こはく》の瞳の中心にある瞳孔《どうこう》が、はっきりと開いて見えた。

「なんだ。思ったより悪くないな」

イザークは口の端をあげる。

ふむ、と考えこむと、盾を高く掲《かか》げた。

なにかの合図なのだろう。周囲でいっせいに剣戟《けんげき》が鳴った。散開している漆黒の軍衣と密集している濃紺《のうこん》の軍衣が、大剣の煌《きら》めきとひるがえる。

「⁉」

ニナは驚愕《きょうがく》に息をのんだ。

気がつけばイザークの姿がはるか空中にある。同時に一瞬前までイザークがいた場所に、飛びこんできた兄ロルフの白刃があった。

曇天《どんてん》を背に両足をたたんで跳躍し、イザークは笑った。

「ははは。おまえは本当に面白い！」

落下とともに振りおろされた大剣。応じるようにロルフの大剣が風を起こす。

ぎいん、と耳障《みみざわ》りな金属音がひびいた。激しいつばぜり合いをしながら、イザークは歓喜に目を輝かせる。

「国内はむろん、南方地域の地方競技会まで足をはこんだが、おまえほどの獲物はそういない。一年ぶりの狼はどれだけ美味《うま》くなっているか、存分に楽しませてもらおうか」

「楽しみたければ勝手に楽しむといい。おれはただ、騎士として剣を振るうだけだ」

ロルフは眼光を鋭くする。

気合いを放って大剣を弾くと、一気に距離をつめた。イザークが応じ、手出しを憚《はばか》られる激しい攻防がはじまる。

一方のニナはトフェルとオドのもとに駆けよった。

トフェルは口中の泥を吐き出し、オドは濡れた大剣を大きく振っている。予想通り、泥濘《ぬかるみ》の競技場は厄介《やっかい》な場所だった。跳ねた泥が視界を奪い、長い凧《たこ》型盾の先端がひっかかる。しかし幸い、条件は両騎士団とも同じだ。転倒したキントハイト国騎士に、ベアトリスが颯爽《さっそう》と打ちかかる姿が見えた。

「来たぞ、小さいの」

ヴェルナーがニナの前に立つ。

四人のキントハイト国騎士が、包囲するように距離をつめていた。

そのなかに見知った顔がある。副団長ユミルは、ニナに向かって話しかけた。

「どうも。昨日の検品ではお世話になりました」

猛者揃《もさぞろ》いのキントハイト国騎士団にあり、ユミルはさほど大柄な体格ではない。顔立ちも騎士というよりは文官に見える。けれど底冷えする印象の細い目に、ニナは警戒をあらわにする。

弓を左手にかまえ、右手を矢筒《やづつ》にのばした。

大剣の切っ先をさげた姿勢で、ユミルは穏やかに言いはなった。

「恩をあだで返すようで恐縮ですが。短いあいだですけど、よろしくお願いしますね」

下方からしなった腕が大剣を一閃《いっせん》させる。

予想以上の圧力に、盾で受け止めたヴェルナーの奥歯がぎりと鳴った。


東の陣所。

毅然《きぜん》と掲げられたリーリエ国旗の横に立ち、ゼンメルは腕を組んで一組の攻防を見やる。

ここ数年のあいだ、西方地域杯にて破石王の座を争ってきた二人の騎士。〈黒い狩人《シュバルツ・イェーガー》〉の異名を持つキントハイト国騎士団の団長イザークと、〈隻眼の狼《アイン・ヴォルフ》〉と呼ばれるリーリエ国の騎士ロルフ。

初めて騎士の指輪を得たときからおよそ四十年。騎士として団長として戦闘競技会に関わってきたゼンメルの目から見ても、あらゆる意味で希有《けう》な一対の勝負だった。

観客たちもまた、眼下の一戦に声援すら忘れて魅入《みい》っている。走る音と泥の跳ねる音。荒々しい息づかいに怒鳴り声。剣が風を切る音と盾がそれを止める音。五感で感じられるすべての音が、競技場での攻防を鮮烈に伝えてくる。

野生の狼と見まごう敏捷《びんしょう》性で正確な攻撃を極めたロルフに対峙《たいじ》し、イザークは天性の身体能力と型破りな遊び心で翻弄《ほんろう》する。

低くかがんだかと思えば両手を地につき、ロルフの足を回し蹴《げ》りですくう。目で追えないほどの連続切りで押しこみ、剣の柄で胸を打ったかと思うと、後方に宙返りするなり命石を狙いにかかる。

外から見ればやはりイザークに分があるだろうか。真剣そのもののロルフに対し、イザークからは時おり笑い声がもれる。

目をそらすのも惜しい攻防に、耳障りな金属音が背後から聞こえた。

ゼンメルは肩ごしに振りかえる。

冷ややかな眼差《まなざ》しをリヒトに向けた。

「無粋《ぶすい》な音をたてるな。好事家《こうずか》なれば金貨を積んでも見たがるだろう一戦だ。待機は待機らしく、大人しく見学しておれ」

そっけない指示に答えることなく、リヒトは競技場を見すえている。

甘く端整な顔は青ざめ、口元はきつく食いしばられている。いまにも飛びだしそうな自分を抑えているのか、両腕は強く自身を抱いている。軍衣の下の甲冑《かっちゅう》が、つばなりのようにカチカチと鳴っている。

焦燥《しょうそう》に揺れる瞳は、ただ競技場のニナを追っていた。

誰よりも身近に接しているリヒトなら当然に承知しているが、大柄な騎士団員たちに囲まれた姿は大人と子供を見るようだ。

ニナの兜《かぶと》の飾り布が、相手騎士の軍衣の印章に届くかどうかの身長差。戦闘競技会と名はつくが負傷が前提のこの場に、同じ条件で出すのが痛ましくなるほどに稚《いとけな》い。しかも手にしているのは弓だ。競技場でもっとも小さいニナが、ただひとり身を守る盾を持たないなど、むしろ奇妙な光景だった。

トフェルとオドをしたがえ、副団長ユミル以下四人のキントハイト国騎士と対峙《たいじ》するヴェルナーは、予想以上に動きがいい。

団舎歴が十年をこえる彼はミラベルタ城の競技場も初めてではなく、親善競技の経験も豊富だ。場数を踏んでいるだけ状況を読むのがうまく、オドとトフェルにこまめに指示を出している。けれどやはりニナの盾として考えるなら、リヒトほどには機能していない。

その神経のほとんどを背後に向けているリヒトは、ニナに危険が及ぶまえに対処する。踏みこもうとする相手の前に立ち、大剣と盾と、あらゆる手を使って抜かれまいとする。

対するヴェルナーが動くのはニナが相手の射程に入る寸前だ。結果的にニナは自ら回避行動を余儀《よぎ》なくされ、それにかかずらって相手の命石《めいせき》を狙うに至らない。同時に運動量を増やし、砂時計二反転ではやくも息を切らしている。

あれではただ競技場にいるだけだ。距離を取ることに精一杯で、役に立つどころか守る手間を増やし、騎士団の足を引っ張っているに過ぎない。

そんなふうに思ったリヒトの視界で、ニナに接近したキントハイト国騎士が不意に膝を折った。ヴェルナーがすかさず命石を狙うが、割って入ったユミルに阻止される。

体勢を崩したキントハイト国騎士は、足からなにかを抜くような仕草をした。

投げ捨てられたそれが矢だと気づいたリヒトは、信じられないものを見たという顔で言う。

「矢ってことはニナ？　命石じゃなくて、足を打ったってこと？」

「草ずりが跳ねた一瞬に、靴《くつ》と甲冑のわずかなあいだを狙ったのだろう。うまく考えたものだな。命石が落とせなくても、せめて足止めができないかと思ったか」

ゼンメルは競技場に向けた目を細める。

しみじみと感心している横顔をしばらく眺め、リヒトは短く息を吐いた。多少は落ちついた様子で、ゼンメルにたずねる。

「……今日のことって、団長が？」

「段取りはわしだが、きっかけをつくったのはニナだ。昨夜遅く、わしの部屋を訪ねてきた。よほど悩んだのだろう。思いつめた顔で、それでも言った。自分はリヒトに、騎士として認められたい。ほかの大事なものと天秤《てんびん》にかけたとき、見捨ててもらえる存在になりたいのだと」

「見捨ててもらえる存在って……」

「リーリエ国の騎士として隣に立ちたいそうだ。ほかでもない、自分を見いだしたおまえに認めてもらえなければ、自分は騎士とは言えないのだと。大それた望みだと、身のほどしらずだと、おまえに嫌われやしないかと。泣きそうになりながらも最後まで言いきった。不思議な話だな。おまえと並び立つために、その手を離そうとするなど」

「ニナが……」

リヒトは眉《まゆ》をよせて競技場を見やる。

注意して探さなければ大柄な騎士たちに隠されてしまう小さな姿。

オドがおさえた相手の命石を狙ったニナに、トフェルを抜き去った相手騎士が迫る。ヴェルナーが割りこんだ隙《すき》に逃れたが、その前方にはすでに別の相手が立ちはだかっている。苦しまぎれに放った矢が盾で弾かれ、大剣の一撃を避けてよろめいたニナの身体《からだ》を、オドが抱えて転がった。急ぎ立ちあがったニナの全身は泥にまみれている。弓を持つ指がすべるのか、灰褐色に染まるサーコートでぬぐい、ふたたびかまえて迫る相手に向きなおる。

外から見守るしかないリヒトの心臓は、競技会開始直後から異常な早さで脈打っていた。なんでニナは背を向けて、どうして自分は盾となれずここにいるのか。

恐怖と不安と混乱と。けれどなぜだろう。剣風の一閃《いっせん》でよろめくほど小さな身体で、捕まればたやすく折られそうな細い手足で。

それでも懸命に競技場を駆けるニナを見ていると、胸が熱くなってくる。喉《のど》の奥からこみあげる感情をこらえ、リヒトはきつく拳をにぎった。

「そうだよ、ニナは……」

思い浮かべれば鮮やかによみがえる。どんなときだって彼女は、ひたむきなほど真っすぐにそこに立っている。

ガルム国との四度目の裁定競技会。競技場にガウェインと二人で残され、盾を失い矢もつきた姿に皆が諦めた。自分だけじゃない。あのザルブル城にいた五千人をこえる観客も審判部も、全員が全員、ニナがガウェインに八つ裂きにされる姿を、リーリエ国が負ける結果を確信したはずだ。

けれどニナは諦めなかった。わずかな希望を信じて競技場をかけ、落矢を見つけて赤い猛禽の命石を見事に射ぬいた。そうしてベアトリスもリーリエ国も、デニスの覚悟をも救ってみせた。いじらしいほどに小さいあの手で、守ってみせた。

「リヒト、あれはなんだ？」

ゼンメルが静かな声で問う。

「あそこで弓を射ている、あれは誰だ？」

「誰って、あれはニナでしょ」

リヒトはぽつりと言った。

眩《まぶ》しそうに痛みをこらえるように、言葉をつづける。

「すんごい可愛《かわい》くて小さくて綺麗《きれい》なおれの恋人。……そしていまは最高にかっこいい、リーリエ国騎士団の騎士だよ」

——本当はわかっていた。

喪失《そうしつ》を訴えて守りたいのは君だけだと告げて、だけどリヒトにもわかっていた。

ニナがその言葉に納得していないこと。真面目《まじめ》で純粋だからこそ、騎士団より自分を優先するリヒトの行動に心から喜べなかったこと。

だけど同時に許してくれるとも思っていた。優しいニナはきっと受けいれてくれる。本当に怖いのだと懇願《こんがん》すれば、その不安をくんで守らせてくれるのではないかと。

だってなにもかもこれからなのだ。小さい身体は恋人として恥ずかしいと初めて思ったと、ニナは言ってくれた。ようやくリヒトを、認めてくれた恩人でも仲のいい団員でもない、恋人として見てくれるようになったのに。

リヒトは知っている。〈これから〉があるはずの大切な人々が簡単に失われたこと。明日も遊ぼうと約束した子供はどこかへと売られていった。昨夜には微笑《ほほえ》んでいた母親は翌朝に冷たくなっていた。一人二人じゃない。砂粒が指のあいだを流れるようにさらさらと。

生来の明るさと喪失が生み出した影。相反する二つの要素を合わせもち、ときに暗い過去にひきずられるリヒトに、ニナは正面から向きあった。

言葉ではなく行動で示した。競技場に立つニナという存在はなんなのか。自分たちはどういう関係なのか。失うことへの不安や絶望を否定したわけではない。でもそれでも優先すべきものがあるのだと、精一杯に告げてみせた。

リヒトはうつむいて頭をかく。

「……おれ、やっぱり情けないね。情けなくて恥ずかしい。ニナの潔《いさぎよ》さに比べたら騎士の指輪を返上するくらい、最高にかっこ悪いかも」

「かもではない。おまえが〈かっこいい〉ことなどほとんどない。外見ばかり大人になり、軽口でまぎらわせても変わらない部分はある。ひねくれて厄介《やっかい》でこじらせている、はた迷惑な男だ」

「自覚がなくもないけど……いや、でもそれはちょっと、言い過ぎな気が」

眉尻をさげると、ゼンメルはにやりと口の端をあげる。

「磨かなくても輝く剣があるはずもないだろう。なまくらなれば鍛えればいい。おまえもまだ、調整の途中ということだ」

——も、もうすぐ、砂時計三反転になるでしょうか。

ニナはぜえぜえと荒い息を吐く。

限界を訴える膝をふんばり、泥でぬるつく弓のにぎりを必死につかむ。騎士と怒号が乱れる競技場。自分のことで手一杯で、戦況がどうなっているのか定かではない。けれど退場を知らせる審判部の角笛は、まだ一度も鳴っていないはずだ。

このまま前半をのり切れれば、と思ったニナの目の前で、ユミルが審判部の方を向く。砂時計を見おろしているのを確認し、そろそろいいですかね、とつぶやいた。

「！」

細い目が合図するように動いたのとほぼ同時。

いっせいに地を蹴《け》ったキントハイト国騎士がオドを囲み、素早い連携で命石を割った。いままでの拮抗《きっこう》状態が嘘に思えるほど鮮やかな攻撃。審判部が角笛を鳴らし、オドの退場を告げる。

数のうえでは四対三だが、ニナが自身を守れないという意味では四対二だ。

ち、と舌打ちしたヴェルナーが、少し先で小隊を組んでいる副団長らに声を張りあげる。しかし副団長の隊もまた、唐突《とうとつ》に動きをかえたキントハイト国騎士への対応で余裕がない状態だ。

――なんでこんな、急に。

ヴェルナーとトフェルに挟まれる位置で守られながら、ニナはラトマール国とキントハイト国の第一競技を思いだした。序盤こそ淡々と展開し、けれど突如として均衡が崩れ、結局はラトマール国の総退場により前半で勝負が決したのだ。

一つ、また一つ。まるで騎士の悲鳴のごとき角笛の音を耳に、焦りを強くするニナの前にユミルが立った。トフェルとヴェルナーは、斬《き》りかかってきた三人の相手騎士に応戦している。

一気に距離をつめられる。ニナは弓をかまえたが、大きく振りかぶった大剣が兜《かぶと》の頭頂部を横に薙《な》いだ。とられた、と思った瞬間、泥濘《ぬかるみ》に足が絡んで体勢を崩す。

「きゃ！」

剣風が兜の飾り布を揺らした。

お尻から転がったニナが反動で落ちた弓をつかんだとき、中央の審判部が両手をあげる。四方の銅鑼《どら》が鳴らされ、前半の終了が告げられた。

——た、助かりました。

安堵《あんど》に唾《つば》をのんだニナに、ユミルは兜から見えている鼻の頭をかいた。

「計算外です。終了直前で五名ほど落としておく予定だったのですが。まあ運も実力のうちですかね。でも二度目はないですよ？」

大剣を軽く振り、競技場の西の端へと歩いていく。

審判部による残り人数の確認を終え、両騎士団はあいだの休憩をとりに陣所へと戻る。

肩で息をする団員たちの最後尾、ニナはすでにふらふらだ。砂時計三反転をほとんど走りとおし、足も呼吸も限界に近い。遅れていることに気づいたトフェルが引き返し、荷物のように脇腹にかかえて連れ帰る。

屋根と柱からなる陣所の前。掲《かか》げられたリーリエ国旗の横にいたリヒトは、ニナを見るなり駆けよった。トフェルから奪い取って横抱きにする。陣所へと入り、高くなった奥の板の間に座らせると、留具をはずして兜を脱がせた。

目元も鼻も、出ている部分はすべて泥にまみれたニナの身体を、水で濡らした布でぬぐう。怪我《けが》がないかを確認し、木杯にそそいだ果実水を渡した。手に力が入らないのを見てとると、背中を支えてゆっくりと飲ませる。

そうしてニナが一息つくのを待ったところで、両腕を広げて抱えこんだ。

「……大丈夫。ちゃんと生きてる」

陣所の床に膝をつき、板の間に座らせたニナを正面から抱きしめる。胸の位置にあるニナの頭に、頬《ほお》を強く押しあてた。

まだ呼吸のととのわないニナは、ぼんやりとした頭で考える。

身じろぐと、おずおずと口を開いた。

「あの、汚れてしまいますリヒトさん。わたし、鎧下《よろいした》まで泥水が入りこんでて」

「ひっどいニナ。おれより、おれの軍衣を心配するわけ?」

「え、あ、あの」

「おれなんていまの砂時計三反転で、三十回は心臓が止まりそうになったから。頭は沸騰《ふっとう》してるし寒気はするし、胃は痛いし手足はがたがたふるえてたから。ニナはなんなの？おれを早死にさせたいってこと？」

「そ、そんなつもりじゃ。あの、ごめんなさい。わたし」

焦った声をあげたニナの顔を、リヒトがなでる。

乾いてこびりついた泥を爪で落とし、泣き笑いに似た表情を浮かべた。鮮やかな葉色の目は、わずかに露をおびている。

「無事でよかった。本当に……」

心の底から吐き出されたような声は掠《かす》れている。

身勝手なことをしたのに、嫌がるとわかっていてやったのに。胸がぐっとつまったニナは、すがるようにリヒトを見つめる。

「リヒトさん。あの、勝手なことをして、怒ってないですか？」

「怒ってるよ。ニナにほんの少しと、おれにいっぱい」

「き、嫌いになってないですか？」

「なれたらもしかしたら、楽だったかもね。でもおれ恋人として可愛《かわい》いニナも、騎士としてかっこいいニナも、どっちも同じくらい、とびきり大好きだからさ」

もう降参、と両手をあげてみせる。

リヒトはニナの前で片膝をついた。けれどそうじゃないね、と首を横にふる。

「あのときはニナにお願いって言ったけど、でももうお願いはしない。ニナはここでは同じ団員で、同じ騎士だからさ」

立ちあがり、ニナの手を引いた。

正面に向きあった姿勢で、そらさずに視線を合わせる。

晴れ晴れとした顔で右拳を左肩にあてた。古代帝国の名残《なごり》として伝わる、騎士としての正式な立礼。

「おれは〈盾〉で君は〈弓〉だ。おれは弓が一つでも多く命石《めいせき》を落とすために全力をつくす。だからニナ、攻撃は君に任せたよ？」

「リヒトさん……」

ニナはゆっくりと目をみひらく。

ガルム国との裁定競技会のときと、同じようで少しだけちがう。与えられたのは騎士としての信頼だ。ともに立ち、ともに戦う対等な存在としての。

ニナは涙をこらえて唇を結んだ。こくんとうなずいて、立礼を返す。

成り行きを見守っていた団員たちが、次々にリヒトの背中をたたく。

気づくのが遅えよ、マジでだせえ、おまえが小さいのに勝てるかよ——好き勝手に悪態をつく団員たちは、けれどはっきりと嬉しそうだ。

ベアトリスが安堵に肩をすくめた。トフェルは悪戯《いたずら》が成功したという顔で笑い、オドは目を細めている。ゼンメルはクリストフと視線を交わすと、やれやれとうなずいた。

ロルフはむっつりと腕を組んでいる。

何事かを考える顔で、ただ唯一の青海色《あおうみいろ》の目が、遠く西の陣所を見やった。

◇◇◇

「うん?」

後半開始早々。散開しながら競技場中央付近まで走ったイザークは、予想外の出来事に思わず足を止めた。

前半終了時点で、両国の残り騎士数はキントハイト国十五名に対し、リーリエ国は十一名。二手に分かれたリーリエ国騎士団は競技場の北と南に移動し、大きく広がったキントハイト国騎士団の両端に攻撃をしかけた。一方の集団の先頭には、黒髪をなびかせたロルフの姿。

「なんだ。来ないのか？」

イザークはあてが外れたように、刀身の平たい面で肩をたたいた。

美しい隻眼《せきがん》を持つリーリエ国の騎士は、最初に対戦したときからイザークとの勝負にこだわった。破石王《はせきおう》を望むには最大の競争相手を自ら倒さねばならないと考えたのか、並び立つものを許せない騎士としての矜持《きょうじ》なのか。ともかく公式競技会でも親善競技でも、背を向けられたことなど一度もなかったのだが。

「どうします？　予想とはちがいますが」

いつのまにか隣に来ていた副団長ユミルが問う。

思案はわずかだ。イザークは薄く笑った。

「奴にしては珍しい遊び心だな。いいだろう。獲物が趣向《しゅこう》をこらしたなら、付き合うのも狩人の楽しみだ」

「楽しむのはいいですけど、あなたはまだ一つの破石数も記録していませんよ。目先の利しか見ない貴族連中のうるさ型は、それこそ見える結果しか眼中にないですからね。〈竜〉の尾を捕まえられなかった以上、体裁《ていさい》くらいととのえるべきでは？」

「問題ない。いざとなれば、決勝で十五個とればいいだけだ」

あっさりと答え、イザークは散開したキントハイト国騎士団に指示を出す。リーリエ国に応じる形で自軍を二手にわけた。一方をユミルに任せ、もう一方を自身で率《ひき》い、ロルフの隊へと向かった。

互いに二部隊をつくった両騎士団が、競技場の北と南で衝突する。漆黒《しっこく》と濃紺《のうこん》の軍衣が舞い、白刃が閃《ひらめ》いて泥が跳ねた。

ロルフはイザークに相対した。集団戦といってもイザークと渡り合えるのは、リーリエ国でロルフと、かろうじてヴェルナーの二人だ。

一見すると一対一と変わらない状況で、けれどロルフは周囲の味方騎士にも目をくばる。イザークと剣戟《けんげき》を交わしながら移動し、がら空きだったベアトリスの背後にまわる。トフェルが手こずっているのを見てとると、中年組に指示を出して加勢にいかせた。

激しく剣を打ち合いながら、冷静に状況を把握《はあく》する姿に、イザークは面白そうに口の端をあげる。

重い一撃を盾で受けると、ぐいと身をよせた。

「なんだなんだ。本当にどうした。おれを倒して破石王になると、馬鹿の一つ覚えのように一対一にこだわってきたおまえが」

「破石王を目指す気持ちに変わりはない。だがその前提として、おれはリーリエ国の騎士だ。果たすべき義務を果たさぬ騎士に、アルサウの誉《ほま》れはふさわしくない。日々に成長していくものを眺めているだけでは、見えるものも見えぬのだ」

ロルフは両腕に力をこめて盾を弾きかえす。

自由になった大剣をそのまま上段にすべらせた。イザークは瞬時に身をかがめ、頭頂部の命石を狙った攻撃をかわす。はは、と短く笑った。

「なにやらわからんが、いまのおまえは最高に、しとめがいがあるな！」

地面すれすれから斜めにくり出された大剣がロルフを襲う。咄嗟《とっさ》に退いたロルフのサーコートが断たれ、濃紺の生地が戦塵《せんじん》と散った。

両騎士団の一の騎士を擁《よう》する北側の戦闘に対し、南側でも熾烈《しれつ》な攻防がはじまっている。

リヒトの後ろで弓を手にしたニナは、近づいてきたキントハイト国騎士の姿に緊張を高めた。

前半終了間際、ニナが泥に足を取られなければ確実に命石を奪っていただろう。副団長ユミルはリヒトに目をとめると、おや、という顔をした。

「あなたは夜のお茶会の。いわゆる〈甘ったるい酒の肴《さかな》〉ですね？」

「なにそれ。意味わかんない。でも絶対、明らかに馬鹿にしてる？」

リヒトは低い声で言う。

ニナを背後に庇《かば》い、接近するキントハイト国騎士との距離をはかる。

ユミルの両脇を固める二人の騎士が、ほぼ同時に大剣をかまえた。半身の姿勢で大剣を中段に掲《かか》げたリヒトは、新緑色の目を強くぎらつかせる。

「ていうかおれいまものすごく苛《いら》ついてんの。自分とか、前半にニナを攻撃した奴ら全員に。でもってかなり元気だから。砂時計十二反転いけるくらい、無駄に体力が余ってんだよ！」

言うやいなや、中央のユミルに斬《き》りかかる。

間断のない攻撃は命石を狙う精度はないが、苛々《いらいら》していると宣言した通り、腹立ちも鬱《うっ》憤《ぷん》もすべてぶつけるほど凄《すさ》まじい。

細い目を思わずみひらいたユミルの腹を盾でついて吹き飛ばし、呆気《あっけ》にとられていた相手騎士の一人を横蹴《よこげ》りで倒す。振り向きざまに飛んで残りの一人に大剣を打ちおろした。盾で防いだ相手騎士の、頭上の命石が赤く輝く。

「ニナ！」

意を察したニナが矢羽根を離した。

弓弦《ゆんづる》が鳴る。一直線に空気を裂いた矢が、命石の真ん中に突き刺さる。

高い音とともに二つに割れた命石が、ぬかるんだ競技場につづけて落ちた。

審判部の角笛が聞こえた。細く高い響きが消えるまえに、リヒトはすでに次の行動にうつっている。

蹴り倒されて泥濘《ぬかるみ》にまごつく相手騎士に駆けよると、盾ごと腕を踏みつけ、その腹に重い一撃をくれた。名を呼ばれ、ニナはふたたび矢を放つ。命石が砕《くだ》け、審判部が即座に角笛を吹いた。

ほんの数十秒のあいだに味方騎士を倒されたユミルは、まじまじとした顔をリヒトに向ける。

兜《かぶと》の隙間《すきま》から見えている目元や鼻筋を眺め、記憶を確認してから言った。

「おどろきました。あなた、四年ほどまえから参加している騎士ですよね。たしか毎年、破石数と失石数が極端に少ない」

「嫌みだねそれ。半分は確実にね」

「ところでそこ、どいてくれません？　後ろの彼女が見えないんです」

「どくわけないでしょ。今回、もう何人に見せたと思ってんの。ただでさえ減ってんのに、これ以上見せたら絶対になくなるから」

「なくなる？　ああなるほど。些末《さまつ》な人の子の目に触れてはならない。彼女は妖精の類《たぐい》かなにかでしたか。どうりで小さくてお可愛らしいと……」

「悪くない表現だけど、見られてなくなるのはニナじゃない。おれの忍耐力だから！」

リヒトはユミルに打ちかかる。

激しい戦闘がそこここでくり広げられ、砂時計一反転はまたたくまに過ぎた。後半開始時は四人差だった両騎士団の個々の実力に、圧倒的な差はない。けれどそれゆえ、時間がたつほどに数の有利不利が生きてくる。

またイザークを相手取りながら部隊の補助にもまわるロルフの消耗《しょうもう》は加速度的だった。〈隻眼の狼《アイン・ヴォルフ》〉の異名たるゆえんの敏捷《びんしょう》性が次第ににぶり、泥濘に気をとられた一瞬の隙《すき》をつき、イザークがロルフのもとを離れる。

キントハイト国騎士がすかさず壁をつくり、ロルフが警戒の声を張りあげたときにはすでに、イザークの大剣が二つの命石《めいせき》を刈り取っていた。二人の中年組が退場する。それを契機とし、流れは一気にキントハイト国へとかたむいた。

角笛の音が断続的に鳴り、気がつけばリーリエ国の残り騎士は三名。ニナを背後に庇ったロルフとリヒトを、十名のキントハイト国騎士が取り囲んでいた。


――あとはもう、わたしたちだけ。

矢をつがえた弓を低くさげ、ニナはリヒトの背中の向こうに見えるキントハイト国騎士団を見すえる。漆黒の騎士たちをしたがえ、泥のついた大剣を悠々《ゆうゆう》と振ったイザークは、ふむ、と鼻を鳴らした。

「こんなもんか。限界まで時間を使ったし、いいかげんに締めないとな。狼と子兎《こうさぎ》と……まあ金髪か。せっかくの機会だからな。最後まで、全力であらがって楽しませてくれ」

勝者の言葉を平然と言いはなつ。

そのまま地を蹴ると、包囲していた騎士たちが同時に斬りかかった。

「！」

白刃が四方で閃き、金属音がいくつも飛ぶ。追いつめた獲物にいっせいに牙をむいた姿は、まさしく黒い猟犬だ。

ニナはめまぐるしく位置を変えるキントハイト国騎士団を必死に目で追う。

残り人数と時間から、リーリエ国の勝利はおそらくない。帰趨《きすう》が決している状態で、あるいは大人しく命石を差しだす方が利口かも知れない。だけどゼンメルが大会前に語った通り、西方地域杯には各国の軍事力である国家騎士団の実力を示し、将来に起こりうる紛争の芽を摘《つ》むという意味もある。

戦闘競技会制度は国同士の対立を最小限の人的被害で解決することを基本とする。平和を祈念してつくられながら、勝ったものが正義となる制度に対応するには、自国の騎士団を剣として盾として最大限に鍛えるしかない。ガルム国がキントハイト国にだけは不用意な裁定競技会を仕掛けなかったように、精強な騎士団の存在はそれだけで国を守る存在となる。

優勝候補であり破石王を有するキントハイト国とどのような戦いをするかは、国家騎士団の強さをはかる指標の一つとして、そのままリーリエ国を守ることにつながるはずだ。

――だから無理でも、最後まで投げたらいけません。兄さまもリヒトさんも、必死に踏ん張っています。だから、わたしも。

ニナにとって信頼そのものである二人は、合わせるように立ったその背にニナを庇い、縦横に襲いかかる黒衣の騎士を退けている。怯《ひる》みそうになる心に鞭《むち》を打ち、ニナは懸命に弓射の機会をさぐった。

観客たちの声援が遠く聞こえる。眼下の競技場でいままさにおこなわれているのは、おそらくは第二競技の山場だ。どちらを応援しているのかすでにわからない。興奮と熱狂をおびた叫び声が、激しい雨のごとく競技場に降りそそいでいる。

傷ついた獲物をなぶり殺しにするような攻撃をしかけながら、ユミルがちらりと中央の審判部を見やった。

既視感《きしかん》にニナは身体《からだ》を硬くする。ラトマール国との対戦も前半でも、キントハイト国は砂時計の経過で示し合わせたふうに動きを変えて――

「！」

周囲にいたキントハイト国騎士がそろってリヒトへ向かった。

突き出されたいくつもの白刃を大剣と盾を横に使って防ぐ。同時に動いていたイザークがロルフに肉薄する。激しい金属音が耳を打ち、火花が散った。

守り手である二人の注意が背後から途切れたその瞬間、ユミルが一気につめよる。身動きがとれない状態で、リヒトが叫んだ。

「ニナ！」

兜を狙った一撃をかろうじて避ける。勢いで転がったニナとリヒトのあいだには、すでにユミルが入りこんでいる。

這《は》いずって逃げようとしたニナに、容赦《ようしゃ》なく大剣が振りおろされた。足首に走った激痛。悲鳴をあげたニナの目と、リヒトの目がつかのま交わされる。

新緑色の瞳にたしかな葛藤《かっとう》が浮かんだ。ニナは歯を食いしばる。リヒトにそれを求めるなら、なによりも自分が強くならなくてはいけない。同じところに立ちたいと、そう願うなら。

「……っ！」

倒れた姿勢のまま弓をかまえた。機動力を奪って安心したのか、悠々《ゆうゆう》と近づくユミルの命石に狙いをさだめる。

盾を掲げて造作《ぞうさ》もなく軌道を防いだユミルがおやと眉《まゆ》をあげる。

おのれに向けられていたはずの矢尻が、けれど静かに方向を変えていた。この角度は、と考えたユミルは、表情をこわばらせて振りかえった。

「団長！」

声を張りあげたその頬《ほお》の横を貫いた矢音。

ただ事ならぬ叫びに、ロルフと剣を合わせていたイザークは瞬時に危険を察する。

命石を射ぬかんと迫る矢を寸前で弾き落とした。体勢を崩したイザークに、包囲を抜け出したリヒトが斬りかかる。

視界の隅でニナに殺到するキントハイト国騎士の姿が見えたが、リヒトは足を止めない。与えてくれた機会を、必死につくってくれた状況を無駄にするわけにいかなかった。

刀身をかさねてぎりぎりと押しあう。やがて聞こえた角笛の音に歯を食いしばり、渾身《こんしん》の力をそそぐが、それでも豪勇《ごうゆう》の誉《ほま》れ高い破石王には敵《かな》わない。

顎《あご》から汗をしたたらせたリヒトの姿に、余裕の笑みをもらしたイザークは、意識から抜けていた存在に気づいた。

さっきまで対峙《たいじ》していた、ロルフはどこに――

「！」

イザークは気配を感じて上を向いた。

影がかかったその顔に驚愕《きょうがく》が浮かぶ。

黒髪を曇天《どんてん》になびかせたロルフが、大剣を高く掲げて跳躍していた。

イザークはリヒトをはねのけて身がまえる。

気合いとともに突き出した大剣と、振りおろされた大剣が交差した。

飛んだ音は二つ。互いの兜が弾かれ、粉々になった赤い欠片《かけら》が砂塵《さじん》のごとく舞った。

角笛の音がつづけて鳴らされ、二名の騎士の退場を告げる。

「――……」

反動で倒れたイザークは、自分の頭に手をのばした。返るのは金属の感触ではなく汗に濡れた髪だ。

近くではロルフが片膝をつき、剣を支えに荒い息を吐いている。傷ついた狼がなおも牙をむくように。乱れた黒髪は大地に流れ、左半面の獣傷があらわになっている。

「打たれたのか……」

呆然《ぼうぜん》としたつぶやきがもれたとき、審判部が両腕をあげた。競技会終了の銅鑼《どら》が鳴らされる。残り人数が確認され、キントハイト国の勝利が宣言された。

横たわるイザークは、やがてくっと腹を揺らす。楽しくてたまらないというような笑い声に、観客席から放たれた歓声が晴れやかに唱和した。

「担架！　担架を早く！」

審判部に声をあげ、リヒトはニナに駆けよる。

泥濘のなかに横たわるニナに兜はなく、短弓《たんきゅう》は飛び、背中の矢筒《やづつ》も失われていた。濃紺《のうこん》色のサーコートや黒髪はむろん、ふっくりした頬も小さな唇も泥水にまみれている。背中に腕をまわして起こし、痛々しい汚れを指でぬぐった。

ニナ、ニナ――懸命に呼びかけるリヒトに、ニナは薄く目をあけてうなずく。

だいじょうぶです、と唇を動かしたが、動揺《どうよう》するリヒトの耳には届かなかったのだろう。なおも名前を呼ぶリヒトの姿に、痛みに朦朧《もうろう》とするニナの脳裏《のうり》には先ほどの光景がよみがえった。

自分ではなくイザークのもとに走ったリヒト。ロルフに機会をつくるため、助けることより足止めを選んだリヒト。痛いし怖いし苦しかった。けれど振りかえらなかった背中が、いまは心から誇らしい。

初めて自分を見いだしてくれた人が、本当の意味で認めてくれた。同じ方向を目指す仲間として。その隣に立ってもいいのだと。

誰よりもなによりも、大好きな人が。

幸福感が全身を満たす。足首の痛みが薄れ、意識が曖昧《あいまい》になっていく。遠くでリヒトの声が聞こえ、意識を手放す瞬間、ニナは嬉しそうにつぶやいた。

「ありがとうございます……」


リーリエ国騎士団とキントハイト国騎士団の第二競技は、キントハイト国騎士団の勝利で終わった。

残り人数は九名対一名。数のうえからでは大差の勝敗だったが、破石王であるイザークが命石を奪われたことは人々に衝撃を与えた。公式競技会でイザークが失石数を刻んだのは、彼が団長ではなく一騎士だった数年前のことだった。

人々は〈隻眼の狼《アイン・ヴォルフ》〉ロルフを賞賛し、リーリエ国騎士団の健闘をたたえた。

濃紺に気高い白百合《しらゆり》を咲かせ、知恵と勇気の葉をそなえた軍衣は、この日の戦いぶりとともに、長く西方地域に伝えられることとなった。

終章

酒場の扉をあけたゼンメルは、奥まった丸卓に座る人物に目をとめ、軽く手をあげた。

すでに葡萄酒《ぶどうしゅ》をかたむけていたイザークは、席をたって立礼する。西方地域杯などの公式競技会のときは、こうして会うのが暗黙の習慣になっていた。

場所の目安は宿舎にほど近い酒場のどこか。偶然に任せるに等しい約束だが、十数年前の制裁的軍事行動のときに戦場で知り合ってから、ゼンメルとイザークのあいだには妙な縁があった。古き知人として、また同じ西方地域に属する国の団長同士、他聞を憚《はばか》る類《たぐい》の頼みごとをする仲でもある。

城壁前広場にあるこの酒場は、酒類よりも菓子に力を入れている店のようだった。

カウンターにはナッツを練《ね》りこんだ堅焼きパンや南瓜《かぼちゃ》のビスケット、バターの風味をきかせた乾燥葡萄のケーキなどが並び、夕の鐘が鳴ったというのに酔客の姿は多くない。イザークとゼンメルの交流は互いの副団長も承知のことで、とくに秘密ではないが、話の内容を鑑《かんが》みれば人が少ないのはありがたいことだった。

イザークはゼンメルのぶんの葡萄酒を注文する。

運ばれてきたところで木杯をあわせた。しばらく無言で木杯を酌《く》み交わし、イザークが口を開いた。

「……結局は〈竜〉に届きませんでした。例の、鑑定からお骨折りいただいたのに、〈黒い狩人〉の嗅覚《きゆうかく》もたいしたことはない。見事な空振《からぶ》りだ。おれの見込みちがいで、よけいな面倒をおかけした」

「いや。わしがおまえとて同じことを考えたろう。キントハイト国で討伐《とうばつ》された野盗《やとう》の荷に、硬化銀《ウルリル》製の大剣があった。調査をすればクロッツ国の隊商から強奪した品らしい──クロッツ国はとかくきな臭《くさ》いからな。場所的にも北方地域に近く、時期的には西方地域杯の直前だ。〈竜〉より硬化銀製の大剣を手に入れ、なんぞ企《たくら》んでいるのではないかと、おまえが疑うの無理はないだろう」

ゼンメルは薄く苦笑する。

「審判部長であるクロッツ国の理事は、国家連合の議長の座を望んでいる。強力な国家騎士団の存在は議長選での手札の一つだ。審判部長の立場を利用して抽選に手心を加え、自国の騎士団に利しているとの話もある。検品に手をまわして硬化銀製武器を通過させ、競技会での勝利に導くことも不可能ではないしな」

イザークは、はい、とうなずいた。少し考えてから、残念そうにこぼす。

「おれとしてはクロッツ国が〈竜〉、すなわちバルトラム国から仕入れた硬化銀製武器を使用して、西方地域杯での優勝を狙うと考えていました。もし公式競技会で使われれば、国家連合も調査せざるを得ない。動かぬ証拠として例の噂《うわさ》の真偽をたしかめる、格好の手がかりになると」

「そうだな。北方地方の大国バルトラムが硬化銀の隠し鉱脈を所持しているという噂は、たしかに捨ておけぬ。硬化銀は戦闘競技会制度を円滑に運営するために欠かせぬが、戦《いくさ》となれば所持数が勝敗に左右する、平和と争いを生む鉱石だ。ましてキントハイト国は、西方地域の北端だからな」

「北方地域の七割を支配するバルトラムは強国です。万が一の場合、標的になるのは我が国だ。キントハイト国の老王は病に苦しみ、王太子は年若い。王国を守るが至上の騎士団としては、危険な芽は小さなうちに潰したい。そのためなら硬化銀製武器をあえて使わせ、手足の一本くらいはくれてやっても惜しくはないと」

イザークは酒杯をあおった。

酒の匂《にお》いのする吐息を小さくもらす。

「……ところが蓋《ふた》をあければ、〈竜〉どころか我が国の元団員が絡んでいた。硬化銀製の大剣も鑑定していただいた結果、野盗の強奪品とは形状が異なる別物だと判明した。しかも使用して有利になるのではなく、こちらに使用の疑いをかけ、団員の不正行為による競技会参加禁止を画策してくるとは」

「まあ、その元団員エベロが出身地である西方地域に派遣された点で、審判部長の関与は濃厚だろうがな。退団の原因となった女騎士への復讐《ふくしゅう》を望んだエベロと、自国の騎士団へ有利な状況をつくりたかった審判部長。話をもちかけたのがどちらかは知らんが、わしが見るかぎり、とうのクロッツ国騎士団長は〈シロ〉だろうな」

「同感です。クロッツ国騎士団長は、都合のいい状況が生みだした結果を、己の実力だと信じているおめでたい男だ。審判部長の手のひらで、下手《へた》なダンスを踊るのがせいぜいでしょう。まあだからといって、〈獅子の王冠〉を侮辱《ぶじょく》した愚かさを、見過ごすことはできませんが」

イザークの声には底冷えするような怒りがある。

ゼンメルは女騎士の大剣が硬化銀製だと判明したとき、クロッツ国の騎士団長が、キントハイト国の過去の競技会結果についても調査すべきだと主張していたのを思いだした。

キントハイト国騎士団は西方地域杯での優勝はもちろん、四地域の騎士団が覇《は》を競う

〈火の島杯〉においても好成績を残している。その誉れに難癖《なんくせ》をつけた男を、〈黒い狩人〉と呼ばれる破石王が放っておくはずがない。

「物騒だな。なにをするつもりだ？」

「たいしたことではありません。明日の決勝で、実力にふさわしい結果を奴にくれてやるだけです。自分の手を汚さず利だけ得ようとした、審判部長へのささやかな嫌がらせをかねて」

イザークは口の端をあげて笑う。

不穏な気配がなければ、子供が悪戯《いたずら》をたくらんでいる表情だ。そう感じたゼンメルは、イザークと初めて会ったときのことを思い浮かべた。

国家連合の裁定にそむいた国への軍事行動の最中で、イザークはまだ十代の少年だった。けれど地獄と表現するしかない戦場にあり、琥珀《こはく》の目をぎらつかせて敵兵の命を奪う姿は、すでに〈黒い狩人〉の異名を予感させるほどだった。

末恐ろしい少年だと思い、いまも油断のならない男だと思っている。それでも強奪品の硬化銀製武器の鑑定を頼まれれば、二つ返事で引き受けた。今日には味方でも、明日には平然と敵にまわるだろう相手との交流は、信頼と疑いが混在する不思議な関係だ。

ゼンメルは、ところで、とたずねる。

「〈預かった大剣〉はどうする。おぬしからは蜂蜜酒《はちみつしゅ》だったが、リーリエ国はこの時期なら林檎《りんご》だな。季節の贈答品といっしょに送りかえすか」

「リーリエ国の林檎は王太子殿下もお好きですが、どうぞそのままで。野盗が所持していた硬化銀製武器は二十本。同種のものが木箱に収められ、大量生産をうかがわせる様相でした。クロッツ国の商人をふくめ、出所の調査は今後も継続しますが、事が事だけに公《おおやけ》にはできない」

「……つまりは国内で得られぬ協力者のかわりに、わしに共犯者になれということか」

「戦闘競技会制度を守り、ひいては火の島の平和に貢献する共犯者ですよ」

にやりと笑い、イザークは片手をあげて店主を呼ぶ。

空《から》になった葡萄酒の壺を取りかえさせると、ゼンメルの木杯につぎ足した。

「ところでロルフはどうしたんですか？　愚直《ぐちょく》というか馬鹿の一つ覚えというか、奴がおれとの一対一に固執しなかった競技会は今回が初めてだ。おかげで久しぶりに失石数を記録した。おれは楽しめたが、うちの副団長には睨《にら》まれましたした」

「わしはなにもしていない。まあ、去年と同じ戦いぶりは見たくないとは言ったがな。ガルム国との裁定競技会を契機に、奴をとりまく環境は大きく変わった。日々に成長するものを間近で見て、なんぞ感じることがあったのかも知れんがな」

「成長するもの？」

「ああ、おぬしには礼を言わねばなるまい。一昨日の第二競技で、悩みの種がひとつなくなった。〈盾〉と〈弓〉がどうにか、あるべき形におさまった。むろん完璧《かんぺき》ではなく、まだ調整の余地はあろうがな」

ゼンメルは満足そうに白髭《しらひげ》をなでる。

イザークは奇妙な顔をしたが、とくにたずねたりはしなかった。ふと思いついたように、小さく笑った。

「ロルフの遊び心は、競技会以外では相変わらずですね。騎士人形と見まごう美麗《びれい》な顔立ちに、野性味を匂《にお》わせる左目の獣傷。やる気になれば〈その手〉の方面でも、西方地域一の騎士になれように。あの仏頂面《ぶっちょうづら》では〈花〉が近づく隙《すき》もない。命石《めいせき》ではなくそちらの数を競うのも、楽しいと思っているのですが」

「おまえが奴と知り合ったのも、〈花〉に関することだったか」

「はい。どこの西方地域杯だったか、おれは剣帯《けんおび》のかわりに女騎士の腕を腰に巻きつけ、奴は一人で打ち込みをしていた。人気《ひとけ》のない場所を探して向かった宿舎の裏でしたが、奴はおれと女騎士を見ても顔色さえ変えず、黙々と剣を振るいつづけました。面白い奴だと思い、実際に競技をして、ますます面白いと」

「おまえの〈面白い〉は物騒だからな。最上の獲物を貪欲《どんよく》に求める狩人《かりゆうど》に、目をつけられる方はたまったものではない」

「これは手厳しい。ああそうだ、面白いと言えばもう一人――」

◇◇◇

寝台に横たわっていたニナは呆気《あっけ》にとられる。

扉から顔をのぞかせたイザークは、開口一番そう言った。

「よう、調子はどうだ？」

「……え、あ、あの？」

西方地域杯が開始され九日目の夜。

二日前の第二競技で対戦したキントハイト国の団長が、なぜリーリエ国の宿舎の自分の部屋に。

うたたねをして夢でも見ているのだろうか。そんなことを思っているうちに、イザークはとくに遠慮《えんりょ》することもなく寝台に近づいてきた。枕元の脇の丸卓。オドがくれた小花とトフェルが押しつけていった幼虫の瓶《びん》の横に、見舞いだ、と紙袋を置く。香ばしいバターの匂いがふわりとただよった。

「お、お気づかいをいただきまして……？」

ニナは困惑しながら身を起こす。

つづいて部屋に入ってきたゼンメルを問うように見ると、軽い苦笑が返ってきた。

「気負うことはない。言葉通り、ただの見舞いだそうだ。リヒトはどうした？　おまえがここに運ばれてから二日、まえに無断で団舎を出られた前科があると、誰がなんと言っても寝台から離れず、へばりついていただろうに」

「リヒトさんは、お見舞いに来てくださったマルモア国騎士団の女騎士の方々を、宿舎の外まで送りにいっています。その、皆さんとてもお元気で話が途切れず、わたしの顔や髪に触りすぎるのが、足の怪我《けが》によくないからと」

ニナは返答をにごす。

なんとなく察したゼンメルは、相変わらずだなという顔で白髭《しろひげ》をなでた。

イザークは寝台に腰かける。ぎょっとするニナにかまわず、布団をはいだ。どれ、と言って右足首に手をのばす。

第二競技でユミルに打たれたニナの右足首は、中程度の打撲《だぼく》だった。圧痛は酷《ひど》いが変形はなく、骨折している可能性は低い。診察した審判部の医師によると、半月程度の安静で日常生活に戻れるとのことだった。

膝丈の寝間着からのぞく細い足。固定された箇所《かしょ》の腫《は》れ具合を見たイザークは、大丈夫そうだなと笑って布団をかけ直した。親しげな態度に、対応に困ったニナは視線をさまよわせる。

第二競技のとき、大剣の先で顎《あご》を持ちあげられ、品定めするように見おろされた光景は記憶に新しい。あの場でなにをされても確実に抵抗できなかった。正直なところ、近よられるのが少し怖い。

そんなニナに気づいたゼンメルが、助け船を出すように言った。

「怯《おび》えることはないぞ。この男は競技会とそれ以外では、様相がかなり異なる。いまは無遠慮で気安い、異国の騎士団長に過ぎない。足の経過を見にきたのも本当だが、おまえに一つ、聞きたいことがあるそうだ」

「わたしに、聞きたいこと？」

いったいなにごとかと、ニナは戸惑いをふくんだ視線をイザークに向ける。寝台に腰かけたまま、イザークはうなずいて切りだした。

「おまえはなぜあのとき、ありがとう、と言った？」

「え？」

「第二競技が終わり、担架にのせられる少しまえのことだ。おまえはあの金髪に、ありがとうと告げた。おまえを助けるよりおれの足止めを選んだ、金髪の判断は最善で、だからこそおれはロルフに命石を打たれた。しかし見捨てられた格好のおまえがなぜ礼を言うのかと、気になってな」

ニナは下半身にかけられた布団をにぎる。

どう説明したら伝わるのか、言葉を探してから話しはじめた。

「わたしは小さくて力がなくて、大剣が振るえません。使える武器は短弓《たんきゅう》だけで、いまの戦闘競技会の制度では、〈盾〉であるリヒトさんに守られなければ戦えません。でも役割としてはそうですが、存在という意味では、守られてはいけないと、思っていて」

「存在という意味？」

「つまりその、騎士団の勝利や、別の大切ななにかと天秤《てんびん》にかけたとき、わたしを守るのはちがう気がして。え、えらそうだし、生意気な言い方ですが、同じ騎士団員として扱ってほしくて。だからあのとき、わたしを優先しないでもらって、すごく嬉しかったんです。なのでその、ありがとうと」

金色をおびた琥珀の目がじっと向けられる。

ニナは落ちつかない様子で布団を持つ手に力をこめた。うろうろと視線を動かし、居心地の悪さを感じながら口を開いた。

「あ、あと、こんな格好で申しわけないのですが、あらためてお礼を言わせてください」

「お礼？　今度はおれにか？」

「はい。キントハイト国騎士団の方々は、わたしのことを小柄だからと馬鹿にしませんでした。競技開始からリーリエ国の騎士の一人として、扱ってくださいました。武器も短弓だし、笑われて相手にされないことが多かったので。ですから本当に、ありがとうございました」

ニナは黒髪が布団につくほど頭をさげる。

イザークは大きく目をまたたいた。

やがて顔を伏せる。くくくと楽しげな笑い声がもれた。なにか粗相《そそう》をしてしまったかと、不安そうなニナに気づいて首をふる。

口の端をあげると、琥珀色の瞳を細めた。

「なるほど。ユミルを狙うと見せかけて、おれに弓を向けただけのことはある。似ているのは、目の色だけではないということか。最初に会ったときに、不思議な感覚がしたわけだな」

「え？」

「気に入った。実に面白い。ロルフの妹、名前を聞いていなかったな?」

「えと、ニナです、けど」

イザークはニナ、とくり返す。

腕をのばして小さな頭をなでた。足を大事にしろよ、と言いおいて立ちあがる。

長棚《ながだな》にのせてある弓と矢筒《やづつ》に目をとめ、思いついたように告げた。

「キントハイト国騎士団では大剣だけではなく、あらゆる武器を学んでいる。短弓も長弓もな。騎士団の書庫には弓の形状についての考察や、古代帝国時代からの弓術の歴史を扱った蔵書もある。親善競技でも観光でもいい。来る機会があれば案内しよう」

「弓を学んでいる……?」

ニナは不思議そうにたずねる。

実際に使っている本人が言うことではないが、使用しているからこそ、遠距離攻撃を利点とする特性が、戦闘競技会制度で機能しにくいことも知っている。それにニナの弓術が上達したのは、ほかに使える武器がなかったという、両親が表現するところの〈皮肉な結果〉だ。大剣を振るうにじゅうぶんな、強靱《きょうじん》な体軀《たいく》に恵まれたキントハイト国騎士団員がなぜ弓矢を学ぶ必要があるのか。

疑問が顔に浮かんでいたのだろう。イザークは軽く眉《まゆ》をあげて答えた。

「おまえの考えている通り、弓はたしかに戦闘競技会では不利だ。だがひとたび戦争となれば、その評価はがらりと変わる。長い射程と心臓を射ぬく貫通力をそなえた殺傷武器。おまえを笑うものは、一人もいなくなるだろう」

「戦争……?」

平然と口に出された言葉に、ニナの胸の奥がどきりと鳴る。

国家連合が〈見える神〉として存在する現在の火の島は、戦闘競技会制度のもと〈最後の皇帝〉が祈念した平和を享受《きょうじゅ》している。

戦争という禁忌《きんき》に触れた国にくだされるのは、国家連合軍による制裁としての軍事行動だ。滅亡するとわかっていて他国に攻め入る国は多くない。西方地域でもっとも最近にあった制裁は、ニナが三歳かそこらのころの出来事だ。

ゼンメルが小さく息を吐いた。

戸惑うニナの姿を一瞥《いちべつ》すると、声に非難をふくませて告げる。

「無粋《ぶすい》だな。見舞いで聞かせる話ではなかろうに。それにおまえが相手の名前をたずね、ろくな結果にならないことは、ロルフを〈極上の獲物〉あつかいしている件で実証ずみだ。さっさと行こう。ここでリヒトが戻ってきたら、なにかと面倒だ」

退出をうながされ、イザークは肩をすくめる。

姿勢を正して立礼する。ゼンメルのあとにつづいて部屋を出た。

残されたニナは寝台に身を起こしたまま、閉じられた扉に向かって頭をさげた。

そのままなんとなくぼんやりしていると、やがて覚えのある足音が聞こえてくる。たたかれた扉がほぼ同時に開かれ、マルモア国騎士団を送ってきたリヒトが帰ってきた。

リヒトは困惑した顔で言う。

「いまそこで、ゼンメル団長とキントハイト国の団長と会ったけど、あの二人って宿舎を行き来する感じの仲だっけ？　なんか古い知人とは、聞いた気もするけど」

「あの、お二人の関係はよくわかりませんが、ゼンメル団長とイザーク団長は、お見舞いに来てくださいました」

正直に答えると、リヒトははっきりと眉をひそめた。

「うちの団長はともかく、なんでキントハイト国の団長が？　もうすぐ中年組な、でも嫌みなくらい男ぶりのいい偉丈夫《いじょうふ》だよね。わざわざ見舞いに来て、なにしてたの？」

「なにって、えと、お菓子をいただいて、足の具合をたずねられて……」

おずおずと答えると、リヒトは枕元の丸卓に近づいた。トフェルが置いていった幼虫の瓶を脇にどけ、紙袋をのぞきこむ。なかにはたしかに、香ばしい匂《にお》いの焼き菓子が入っている。

ふーんと鼻を鳴らし、リヒトは唇をとがらせて頭をかいた。

ぎしりと音を立てて寝台に腰かける。そのまま身体《からだ》を倒し、ニナの腹に頭をのせる形で横たわった。

あの、と声をかけると、少しすねた口調で答える。

「……ニナが足を怪我してから、いろんな人がお見舞いに来たよね。団員たちはもちろん全員。きゃあきゃあ大騒ぎで〈おさわり〉しまくったマルモア国騎士団も、食堂の料理人と小姓《こしょう》まで顔を出した。そのうえでキントハイト国の団長でしょ。だからなんていうかさ」

リヒトは虚空を見るような目を天井に向ける。

「不思議だよね。村にいるニナを見たときは、本当はこの子はすごいんだって、皆に教えたくて仕方なかった。だけどいまは逆に、ニナがほかの誰かに認められるのが、心配になってきてる。なんかおれ、ニナにふられる未来のおれの幻影が見えたかも？」

「リヒトさん……」

ニナはおどろきに声をうわずらせる。

逆ならともかく、自分がリヒトを拒《こば》むことなど、天地がひっくり返ってもありえない。いつもどおりの軽口なのか。それとも無意識のうちに、なにか気に障《さわ》ることをしてしまったのか。

不安そうに瞳を揺らすと、リヒトが微《かす》かに苦笑した。

よっと身を起こす。布団をはがし、手をかしてニナを移動させた。

寝台のへりに座らせ、自分はその足元で片膝をつく。小さな手をすくいとり、真っすぐに見あげた。

「──ってことで、愚痴《ぐち》はおしまい。うじうじ悩んでばかりいたら、現在進行形でふられちゃうからね。なまくらでも鍛えればいいなら、おれはおれの出来ることをするだけだし。だからちゃんと、約束する」

「約束?」

「おれは競技場のなかで、もう二度と、ニナを恋人として扱わない。だからおれは、〈盾〉としてもっと強くなる。ニナをなにかの犠牲にしなくてもいいように、見捨てる必要なんかなくなるように、うんとうんと強くなるよ」

鮮やかな葉色の目は強い決意に輝いている。

ニナは頬《ほお》を紅潮させた。膝をついたことでほとんど変わらない位置にあるリヒトの顔を、まじろぎもせず見つめる。

明るくて気さくで親切で、だけどリヒトはふとした拍子に、諦めを感じさせる微笑を浮かべることがある。その背景や理由はニナにはわからない。たくさん失った大切なものがなんなのかも、よくは知らない。

でも過去の喪失《そうしつ》を抱えてなお、輝こうとしている瞳が好きだ。ニナに踏みだす勇気を与えてくれた、希望と切なさを秘めた新緑色の目が好きだ。

はい、はい、と何度もうなずく。鼻をすすり、ニナは涙声で告げた。

「そ、それならわたしも、リヒトさんが安心して競技できるようにがんばります。たくさん走って足を鍛えて、もっとご飯を食べて、少しでも丈夫になるために努力します」

「うん。そうしてくれるとおれも嬉しい」

リヒトは約束ね、と言って、ニナの手の甲にキスをする。

唐突《とうとつ》に、にっこりと笑った。

「でさ、そのかわりじゃないけど、競技場の外のニナは、おれのってことでいいよね？」

「は？」

「競技場のニナは騎士だから、リーリエ国騎士団のもの。あの忌々《いまいま》しい木杭《きぐい》のなかでは、仕方ないけど譲《ゆず》るし我慢もする。だけどそこを出たらニナはおれの恋人だし、ぜんぶおれのってことで、ね？」

軽い口調でねだり、首をかしげる。

雰囲気《ふんいき》は軽妙ながら、向けられた目は妙に真剣だ。

ニナは困惑に眉をよせてたずねた。

「あ、あの、ぜんぶって、どういう意味ですか？」

「そうだね。具体的に説明すると」

リヒトは立ちあがる。

ニナの隣に腰をおろすと、背中に手をまわし、足首の包帯に気をつけて持ちあげた。そのまま自分の腿《もも》の上に座らせ、背後からおおいかぶさるように両腕をからめる。

「いまおれが抱えてるのが、ぜんぶ？」

ニナは真っ赤になった。

腿にのせられた状態で、自分の身体はリヒトの腕のなかにある。抱えているものがぜんぶなら、頭の上から足の先まで、まさしくニナ自身ということだ。それをすべて差しだせというのか。

意味するところを想像したが、心臓がうるさく早鐘を打つだけで見当がつかない。甘い痺《しび》れが胸をときめかせるのと同時に、だけどとても、まずいことのような気がする。

硬直したまま、あの、でも、と振りむくと、目元に唇が落ちてきた。

おどろきに首をすくめると、今度は頬に柔らかい感触が。ちゅ、と優しい音が鳴る。耳にそっと温かな吐息がかかった。

なる。
「だ、だだ、だめじゃないです！」
反射的に答えると、くすりと笑った気配がした。前に向きなおり、ニナは羞恥《しゅうち》に小さく
「だめ？」
その身体を囲いこむ両腕に力が入った。胸元へよせられたニナの頭に、リヒトはこてん
と顎《あご》をのせる。
そのままじっと押し黙った。あまりに長い沈黙に、ニナは不安になってたずねる。
「あの、リヒトさん？」
「……ちょっと待って。いま〈少しずつでも平気〉って言った過去のおれと、現在のおれ
が、いろいろ相談してるところだから」
「相談？」
「焦らないで少しずつ進めようって、たった数日で前言撤回とか、いくらなんでも節操《せっそう》が
ないよね。でもこんな状況は滅多《めった》にないし、正直もったいない。だけど寝台だしニナは寝
間着だし、やっぱりまずいか。途中で止められる自信とかぜんぜんないしさ。だよね。ロ
ルフじゃないけどそういうのは、時期とか場所とか段取りとか、きちんと考えないと。よ
し。前言通り、ここは我慢のゆっくりで」

内心の葛藤《かっとう》をなだめるように、リヒトは大きな息を吐く。

不思議そうに見あげてくるニナに気づくと、曖昧《あいまい》な笑いを浮かべた。なんとなくおよいだ目が、枕元の丸卓にそそがれる。

「えーっとそうだ。キントハイト国の団長に、お見舞いをもらったんだよね。お菓子の種類を見た感じ、ベアトリスと行った酒場のかな？　ああ酒場っていえば、例の女騎士の話、おれ聞いてすごいびっくりだった。偶然にしても解決につながる現場に居合わせたなんて、ニナは本当に〈もってる〉かも。だけどなんで城下に？　おれが事前会議に出席してたときだよね。買い物かな？　マルモア国のお土産《みやげ》とか？」

誤魔化《ごまか》すようにぺらぺらとつづけ、流れのまま出た問いに、ニナは首を横にふった。

「いえ。買い物ですけど、お土産じゃ――」

そこまで言いかけて、あ、と口元を押さえる。

つい答えようとしてしまったが、そもそも内緒にしたかったからこそ、不在の時間帯を選んだのだ。リヒトにもらったドレスを修繕《しゅうぜん》し、王都ペルレへいっしょに行きたいと考えていることを、本人に知られるのは決まりが悪いと。

うろたえた表情と、まずいという空気。

気づいたリヒトはなにを想像したのだろう。よいしょ、とニナの身体を足の上でずらす。

横向きに座らせると、背中を支えるように手をまわした。

にっこりと爽《さわ》やかな笑顔を浮かべる。けれど目はなんとなく笑っていないし、肩にかけられた指には不必要な力が入っている。

リヒトは首をかしげてのぞきこんだ。

「お土産じゃない買い物ってなんだろ？　ていうか途中で黙りこんじゃう買い物とか、すごい気になる。もしかして街に出たのは、恋人のおれに言えない理由だった、とか？」

「い、言えないというわけでは」

「だったら教えてほしいかな？　まあもちろん、恋人でも行動と言論の自由はあるよね。あんまり束縛《そくばく》するのもどうかと思うし。だけど話してもらえないとさ、ゆっくりって言ったさっきのおれが、我慢を投げだして逃げちゃう場合も、あるかなーとか？」

「ゆ、ゆっくりが、我慢を投げだす？」

ニナには意味不明だが、不穏な気配がほんのりとただよっている。

足が使えない状態では移動もできず、至近距離には答えを待つリヒトの笑顔。結局はこうなってしまうのか。気のきかない受け答えしかできない自分が、いまあらためて恨めしい。

ニナは観念して口を開いた。

「わたしが街に出たのは、マルモア国は縫製業《ほうせい》が盛んだと聞いていたからです。だからその、そういう関係のお店に」

「縫製業って……ああ、古着屋さんとか仕立屋さんとか？　ミラベルタ城の城下にも専門の区画があるみたいだし、王都からの交易商も集まってたらしいけど。でも西方地域杯の開催中なら混んでたんじゃない？　マルモア国の羊毛や亜麻は良質だっていうし、ドレスが欲しくなる気持ちもわかるけど」

「たしかにものすごい大混雑でした。でもわたしが欲しかったのは、ドレスじゃなくて材料です。マルモア国なら入手できるかと思って、レースや生地を扱うお店に」

「レースや生地？　入手って……」

「まえにリヒトさんに買っていただいて、駄目にしたドレスを直したくて。兄さまに王都につれて行ってもらって、購入した古着屋さんで相談したのですが、異国からの転売品で同じ素材がなかったんです。それでマルモア国で探そうかと。酒場での一件があって、結局は買えなかったのですが」

　リヒトはぽかんとした顔をする。

　そのドレスにはむろん心当たりがある。ニナの青海色《あおうみいろ》の目に近い、深い青色のドレス。胸下からのふわりとした切り返しやリボンが愛らしくて、清楚《せいそ》な雰囲気に似合っていた。

けれど帰路の途中で野盗《やとう》の襲撃を受け、その混乱で破れてしまった。

修繕より新しく買った方がよさそうな酷《ひど》い状態で、てっきり処分したと思っていた。リヒト自身も気に入ってはいたが、古着は古着だ。ニナが自分を責めていたのは知っていたし、触れない方がいいと判断していたけれど。

「あのドレスを修繕って、な、なんで」

「なんでって、リヒトさんからもらった大事なドレスです。もし国家騎士団に入らなくても、お金を貯めて直そうと決めてました。それで着られる状態になったら、また二人で王都に出かけたいなと、そんなふうに考えていて」

「二人で……王都……」

リヒトは呆然《ぼうぜん》とつぶやく。

ニナはあわてて、ちがいます、と首をふった。

「あの、別にどうしてもとか、絶対じゃないです。ご都合のいいときにできたら。で、でも嫌じゃなければなるべく、お願いしたいなと思ってはいますが」

リヒトが両手で顔をおおった。

へなへなと、そのまま力が抜けたように後方に倒れる。

「リ、リヒトさん？」

予告もなく拘束《こうそく》が解かれ、ニナは思わず体勢を崩しかける。

よつん這《ば》いの姿勢で、自分の下で横たわるリヒトを見た。広げた手で隠しきれない耳や首筋は、沸騰《ふっとう》したように真っ赤に染まっている。

「……ゆっくりで正解だった。こんな可愛《かわい》いニナが見られるなら、もう当分ゆっくりでいい。ていうかごめん。おれちょっといま、無理」

うわずった声でもらし、リヒトは首を横にふる。

いったいなにが起こったのか。ニナが困惑していると、扉がたたかれた。

兄ロルフが姿を見せる。

「ニナ、そろそろ夕食の時間だが——なんだこの状況は。なぜおまえの寝台に、リヒトが寝ている？」

地を這うような低い声で問われ、ニナはおろおろと説明する。

といっても自分にもわけがわからない。話している途中で、急に顔をおおってしまったと正直に伝える。体調不良なのか、第二競技で怪我《けが》でもしていたのかと心配する。

ロルフはじっと寝台を見おろした。

出ている肌を真っ赤にしているリヒトは、よく観察すると小刻みにふるえている。

ロルフは不機嫌そうに眉《まゆ》をよせた。足の怪我に注意してニナをひょいと抱えあげる。

あの、と不安そうに見あげてくる妹に、はっきりとうなずいた。

「まったく問題ない。リヒトのこれは…………知恵熱の類《たぐい》だ。おおかた不埒《ふらち》な妄想のせいで、一時的に見せられる顔ではなくなったのだろう。気にする必要はない。なんだったら存在そのものを、永久に忘れてもかまわない。兄としても騎士としても、自信を持って強くすすめる」

きょとんと首をひねったニナを大事そうに抱え、ロルフは部屋をあとにする。

扉に手をかけてちらりと振りむくと、寝台の上でじたばたと身悶《みもだ》えするリヒトの姿が見えた。

——翌日に開催された西方地域杯の決勝は、あらゆる意味で記録に残る一戦となった。

九日間の競技を経て勝ちあがったのはキントハイト国とクロッツ国。両騎士団長の破石数が拮抗《きっこう》していたこともあり、観客は優勝と騎士の誉《ほま》れの行方《ゆくえ》を見守ったが、興奮の歓声は長くはつづかなかった。

開始直後に漆黒《しっこく》の軍衣をなびかせて走ったのはキントハイト国騎士団。人々がえ、と目をみはったときには団長イザークが、クロッツ国騎士団長の命石《めいせき》を割っていた。

開始の銅鑼《どら》の余韻《よいん》が残るなか、審判部の角笛が一人目の退場を告げる。つづけて断続的に鳴る角笛の音。割れた命石を確認に走る審判部が追いつかないほどの速さで、正騎士の証《あかし》たる王冠を戴《いただ》いた獅子は戦場を駆けた。

城壁の観客たちも観覧台の貴人たちも他国の騎士たちも。呆気《あっけ》にとられているあいだに、最後のクロッツ国騎士が命石を奪われる。

正審判が競技終了を宣言したとき、砂時計はまだ一反転もしていなかった。

淡々と陣所に戻るキントハイト国騎士団はとくに喜びも見せず、その軍衣には土塊《つちくれ》の欠片《かけら》さえついていない。

圧倒的な力の差を見せつけられた人々はキントハイト国の強さを実感し、そして思った。

――リーリエ国とキントハイト国との一戦が、やはり事実上の決勝だったのだ。

砂時計一反転以内の総退場による決着は、西方地域杯の公式記録と人々の心に刻まれた。〈獅子の王冠〉をひるがえして去っていくイザークは、呆然と両膝をついたクロッツ国騎士団長に一瞥《いちべつ》すらくれなかった。

西方地域杯は前評判通りキントハイト国の優勝で幕を閉じた。四女神の一人マーテルを形取った杯は、破石王となったイザークの手にふたたび戻った。

審判部エベロがフォルビナの武器とすりかえた硬化銀製の大剣は、その後の調査で国家連合の保管品から盗難されたものだと判明した。ただキントハイト国出身のエベロが西方地域杯に派遣された件については、四地域杯が開催される繁忙期《はんぼうき》を理由とした、単純な確認不足とされた。エベロは拘束以来黙秘に転じ、クロッツ国の理事である審判部長に調査の手が及ぶことはなかった。しかしクロッツ国騎士団の不名誉な記録は瞬く間に広がり、砂時計一反転も戦えぬ騎士団として、その矜持《きょうじ》を深く傷つけることとなった。

エベロは硬化銀製武器の盗難と使用で、中央火山帯の採掘場での懲役刑に処された。重《じゅう》篤《とく》な後遺症が判明した女騎士フォルビナは退団し、郷里へ戻ったとも国を出たとも伝えられる。

西方地域杯が終了した翌日、リーリエ国騎士団は帰途についた。

宿舎の屋根から国旗がおろされ、とりどりの軍衣をひるがえした馬影が西へ南へと散っていく。昼の鐘のまえには宿舎を引きはらった他国騎士団のなか、荷造りに手間取ったリーリエ国騎士団が出立《しゅったつ》したのは午後の鐘を過ぎてからだった。

原因となったのは出立時と同じく中年組だ。マルモア国産の葡萄酒《ぶどうしゅ》に魅せられた彼らが荷台いっぱいに酒樽《さかだる》を積みこんだことで、馬車の車輪が壊れた。

ベアトリスは柳眉《りゅうび》を逆立てて怒鳴り、副団長クリストフは対応に追われた。一時は酒樽ごと中年組を置いていくという案も出たが、話を聞きつけたマルモア国騎士団の女騎士たちが、換えの馬車と酒樽運搬用の荷台を提供してくれた。

第一競技で対戦した赤毛の女騎士は、礼を述べたニナに首を横にふる。小さな手に輝く騎士の指輪をしみじみ眺めると、再戦を約束して笑顔を見せた。

夕闇が迫る街道を南下する馬車と騎馬の一群。

御者台で引き綱をあやつるトフェルは上機嫌だ。ミラベルタ城や街で〈さまざまな材料〉を仕入れたトフェルは、馬上のニナと大きな革袋を見比べて忍び笑いをもらしている。その隣のオドも郷里の弟妹への土産《みやげ》を買いこんだらしく、優しく細められた目は満足そうだ。

外交にいそしんだ王女ベアトリスはとくに疲れも見せず、持参したハンナの酢漬け野菜をかじっている。諸外国の貴族諸侯と親交を深め、経済や文化に自然と通じる姿勢は、見えない形ながら確実に国を守る方向へと進んでいる。

最初から最後まで中年組に頭を悩ませたクリストフは、疲労の色が濃い。ゼンメルは何事かを思案しながら手綱《たづな》をにぎり、ロルフは真っすぐに前を見すえて馬を駆っている。

ニナは集団の後方で、いつもと同様にリヒトの馬に相のりしていた。

影のようにたなびく二人の外套《がいとう》。

耳を切る冷たい風は冬の匂《にお》いがする。街道の先に目をやったリヒトが、肩ごしに振りかえって言った。

「ニナ、予定より遅くなったけど、もうすぐ宿場につくからね」

「はい。……あ」

「なに?」

「いえ、星が」

ニナは空を見あげる。

太陽が最後の光を投げかける西の地平。東の空にはすでにいくつかの星が瞬いている。薄暮の空を彩る星々の輝きに、ニナはふと噴水に沈んでいった指輪を思いだした。フォルビナが捨ててくれと託した騎士の指輪。結局は叶わなかった彼女の覚悟のような煌《きら》めきを思うと、ニナの胸が切なさに痛む。

だけど〈獅子の王冠〉が得られなくても、フォルビナはまさしく騎士だった。フォルビナを競技場から遠ざけるためにすべてを捧げたエベロも同じだ。誰が否定しても罪であったとしても、覚悟を持った騎士だったとニナは思う。

結局はわかりあえなかったふたり。その心は水底に沈んだ指輪のごとく、ひっそりと知られることなく眠りに落ちる。

無数の星々を眺めてニナは目を細めた。

強くまばゆい星も淡くささやく星も。儚《はかな》くけれどたしかに輝いている星は、この地に生きるすべての騎士の覚悟のようだ。剣を振るう意味であり命をかける理由でもあり、騎士の思いと生き様そのもの。

そんな星々のなかで自分はこれからどう生きるのかとニナは思う。目の前のことでいっぱいで、明日のことさえ定かではない。どんなふうに生きて死ぬのか、想像もつかない。

——だけど、わたしは。

ニナは東の空に浮かぶ二つの星に目をとめた。

名前も知らない大きな星と小さな星。よりそい輝くあの星のように、この先になにがあっても、リヒトのそばにいられたらと思う。その隣に並び立ち、ともに生きられたらいいと思う。

西の端に沈む太陽が最後の光芒《こうぼう》を残して消えた。

夕闇の果てを向いているリヒトの横顔を見ていると、気づいたリヒトが振りかえる。寒くない、と微笑《ほほえ》んで、外套をつかむニナの手をにぎってくれた。

——どうかずっと、この先も。

ニナはリヒトの背中に額をつけて目を閉じる。

お腹にまわしたその腕に、ほんの少しだけ力をこめた。

※この作品はフィクションです。実在の人物・団体・事件などにはいっさい関係ありません。

集英社オレンジ文庫をお買い上げいただき、ありがとうございます。
ご意見・ご感想をお待ちしております。

●あて先
〒101-8050　東京都千代田区一ツ橋2-5-10
集英社オレンジ文庫編集部 気付
瑚池ことり先生

リーリエ国騎士団とシンデレラの弓音
—綺羅星の覚悟—

集英社
オレンジ文庫

2019年12月24日　第1刷発行
2020年 8月11日　第2刷発行

著　者　瑚池ことり
発行者　北畠輝幸
発行所　株式会社集英社
〒101-8050東京都千代田区一ツ橋2-5-10
電話【編集部】03-3230-6352
【読者係】03-3230-6080
【販売部】03-3230-6393（書店専用）
印刷所　大日本印刷株式会社

※定価はカバーに表示してあります

ISBN 978-4-08-680293-2 C0193